사건분석관 K
미래범죄 수사일지

이미솔 기획 소현수 지음

사건분석관 K

미래범죄 수사일지

—From 공.상.가.들

차례

메인 캐릭터
(Main Character)

사건분석관 K: 차갑고 냉정한 성격으로 많은 강력 사건을 해결한 베테랑이다. 특별한 이유 없이 불안을 느끼고 환상이 보이는 정신 질환을 앓고 있다. 테서렉트를 통해 시간을 거슬러 과거인과 접촉하는 실험에 자원한다.

주노: 사건분석관 K와 가까이 지내는 유일한 동료이자 친구. 뇌과학자인 동시에 보안개발자라는 독특한 이력을 가지고 있다. 경찰본부의 증거분석관이자 검시관으로 근무하고 있다.

리사 연: 마인드 업로딩 기술을 이용해 사람들에게 영생 서비스를 제공하는 이터널 라이프의 CEO.

소년(아서와 프리드리히): 어린 나이에 온갖 극악무도한 범죄를 저질렀으며 사건분석관 K와 대립한다.

안드로이드 해방 전선: 안드로이드 제작사의 개발자를 납치한 뒤 안드로이드의 해방을 요구한 수수께끼의 단체.

유저 매뉴얼
(User Manual)

#더미 블루(Dummy Blue): 마인드 업로딩, 양자 두뇌, 더미를 이용해 영생하는 사람들이 겪는 일종의 우울증이다. 증세는 매우 다양하며 아직 확실한 원인은 밝혀지지 않았다.

#MTD(Mental Therapy Dome): 더미 블루 치료를 위해 마련된 시설이다. 특수한 약물과 두뇌에 직접 작용하는 전기자극을 이용해 빠르게 증상을 없애거나 완화하는 치료기가 설치돼 있다. 더미 블루를 앓는 사람들이 자주 이용한다. 치료 효과는 뛰어나지만 중독되는 사람도 있어 도시 정부 차원에서 시설과 기기, 개인의 사용 주기를 철저하게 관리한다.

#테서렉트(Tesseract): 시공간을 넘나드는 일(시간여행)을 가능하게 하는 특수한 공간이다.

#링크(Link): 테서렉트 시간여행을 통해 다른 시대의 인간과 접촉함을 의미한다.

언젠가의 백호에게

—소현수

프롤로그

지구에서의 마지막 전쟁은 인류의 절반을 사라지게 하고, 인류가 살아가는 터전의 절반 이상을 파괴했다. 그 직후 일어난 대지진은 살아남은 인류의 절반을 사라지게 하고, 인류가 살 수 있는 터전의 대부분을 파괴했다.

아직 희망의 불씨는 꺼지지 않았다. 늘 그렇듯 과학기술은 인류를 구원했다. 얼마 남지 않은 황폐한 땅을 복구하고 인류를 재건했다. 그로써 세계는 거대 도시를 중심으로 재편되었고, 눈부신 도약을 이뤄 내 안드로이드와 인간 의식 전이가 일상화된 최첨단의 새 시대를 맞이했다.

초고층 건물이 빼곡하게 들어선 거대 도시에는 수천만에서 억에 달하는 인구가 밀집되어 살아가고 있다. 과거와 비교해 많은 것이 바뀌었지만 달라지지 않은 것이 있다.

범죄는 완전히 근절되지 않았다는 것.

물론 발생률은 아주 낮으며 가벼운 절도 수준의 범죄가 대부분이다. 이를 위해 안드로이드 경관이 존재하며 기본적인 치안을 담당한다. 그러나 아주 가끔 특수 강도와 살인 같은 강력 범죄가 발생하기도 하는데 이를 전담하는 직책은 별개로 존재한다. 바로 사건분석관이다.

사건분석관은 강력 범죄 전담 수사관으로서 사건의 조사 및 분석, 피의자 심문과 기소까지 담당한다. 사안에 따라 1급 기밀에 해당하는 정보까지 접근할 수 있으며 긴급상황 시 생살여탈권까지 주어질 정도로 권한이 막강하다. 각 거대 도시에 스물여섯 명의 사건분석관이 배정되어 활동하고 있다. 개인의 자유가 최고의 가치인 시대, 사실상 마지막 남은 공권력의 상징과 같은 존재로 논란의 대상이기도 하다. 이에 따라 권한은 있으나 권위는 없는 독특한 지위를 가진 것이 또한 사건분석관이다.

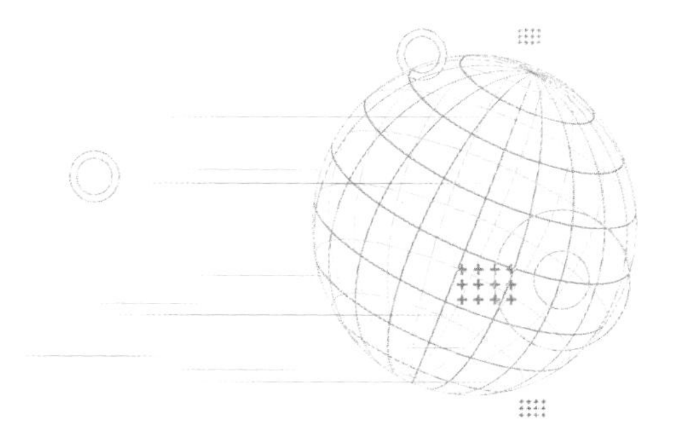

2094 연쇄살인 사건

1

“분석관님, 바깥 좀 보세요.”

호들갑스러운 에반의 목소리에 고개를 들어 창밖을 바라보았다. 쨍쨍 내리쬐는 태양, 그 아래 펼쳐진 빽빽한 나무숲, 안쪽으로 조성된 공원, 오가는 사람들. 늘 익숙한 풍경. 조용하고 평화롭다.

“풍경 옵션 해제해 보세요!”

“아, 네.”

나는 책상 위의 태블릿을 조작했다. 곧바로 흐릿한 대기와 개성이라곤 찾아볼 수 없는 초고층 빌딩 숲이 눈부신 태양과 싱그러운 녹음을 지우고 모습을 드러냈다.

진짜 창밖 풍경은 오랜만에 보는 것 같다. 그런데 조금 이질적인 노이즈, 입자. 아, 아니다. 이 또한 정말이지 오랜만이다.

눈이다.

눈, 그것도 이렇게 새하얀, 새하얀? 눈이란 저 대기와 콘크리트에 어울리는 칙칙한 잿빛이 아니었던가? 눈과 비의 오염 입자를 제거하는 기술을 연구 중이라는 소식은 들었더랬다. 아무래도 성과가 있었던 모양이다.

"눈이구나. 하얀."

그 이상의 감상은 느껴지지 않는다. 하루 전에 내렸다면 사람들이 더 기뻐했을 것 같긴 하다. 크리스마스였으니까. 아무래도 눈은 크리스마스에 더 잘 어울릴 테니까. 연구 성과를 드러내기에도 좋았을 텐데. 상념에 빠져들 즈음 다시 에반의 목소리가 들려왔다.

"분석관님, 사건입니다. 현장 출동 요청이 접수됐어요."

"사건? 코드는요?"

"K-501입니다."

"K… 501?"

"네."

최근엔 거의 들은 적 없는 코드다. K-501. 무력에 의한 살인 사건. 나는 곧바로 자리에서 일어났다. 다시 창밖으로 시선을 돌렸다.

크리스마스 다음 날, 하얀 눈, 살인 사건.

기억에 남을 하루가 될지도 모르겠다.

2

현장에 도착했을 땐 어느 정도 정리가 끝난 뒤였다. 눈은 거의 그친 상태. 안드로이드 경관 몇이 주변을 통제하고 있었다. 형사도 한 사람 와 있었다. '인간' 형사가 나와 있다니 사안이 심각하긴 한 것 같다.

내가 통제선 안으로 들어가자 형사가 기다렸다는 듯 다가왔다.

"오셨습니까?"

"네. 제가 좀 늦었나 보군요."

"아, 아닙니다. 저희도 도착한 지 얼마 안 됐습니다. 대충 정리만 끝내 놓은 상태입니다."

"경찰 본부 쪽에서 직접 나오신 건가요?"

"네."

"그럼 좀 볼까요?"

"가시죠."

형사가 앞장섰다. 좁고 습한 골목 안쪽, 하얀 눈과 대비되는 한 형체가 어렴풋이 눈에 들어왔다. 형사가 잔뜩 긴장한 목소리로 말했다.

"난데없이 이게 무슨 일인지. 지서가 발칵 뒤집혔습니다."

"피해자 신원은 확인하셨나요?"

"아직입니다. 20대로 추정되는 여성인데, 개인정보 데이터베이스는 접근이 불가한 상태입니다."

"그렇군요."

좀 더 가까이 다가가자 피해자의 시신이 모습을 드러낸다. 무릎까지 오는 하늘하늘한 짙푸른 원피스, 그 아래로 뻗은 하얀 종아리가 보인다. 굽이 낮은 구두를 신었다. 엎어진 상태로 혈액은 거의 보이지 않는다.

사인은 명확하다.

머리가 없다. 아니 뭔가 있긴 하다. 참혹하게 부서져 형체를 알아볼 수 없는 파편들과 액체가.

"더미입니다. 전이 시점은 그리 오래되지 않은 것으로 보입니다."

더미라. 역시 그랬군. 부서진 머리 쪽에 보이는 검붉은 액체는 피가 아니라 윤활액, 살점처럼 보이는 조각들은 단백질과 나노 물질이 합성된 인공 유기체다.

물론 달라질 것은 없다. 의식이 이전됐다고 한들, 한 인간이 죽음을 맞았다는 사실은 변함이 없으니까.

"이터널 라이프 측에 협조 연락은 하셨습니까?"

"아뇨. 분석관님의 감식 이후에 하려고요."

"그럼 협조 연락은 제가 직접 하도록 하겠습니다."

"네. 감사합니다."

"좀 둘러보겠습니다."

"네!"

형사는 힘차게 대답하고는 도망치듯 통제선 밖으로 나갔다. 인간의 육체가 아닌 더미일지라도 이런 참혹한 광경은 처음일 것이다. 적어도 구토하진 않았으니 대범한 편이라 할 수 있다.

천천히 현장을 둘러보기 시작했다.

철저히 머리만 파괴했다는 것은 범인이 피해자가 의식을 전이한 상태라는 걸 알고 있었다는 얘기다. 머리가 아닌 다른 곳을 부쉈다면 다시 소생했을 테니까. 면식범의 소행이 확실해 보인다.

두부가 심하게 파괴됐지만, 부서진 형태와 파편의 단면으로 보아 투박한 형태의 둔기로 추정된다. 시신의 주변엔 남은 것이 없다. 좀 더 범위를 넓혀 현장을 조목조목 훑었다. 이곳에서 알 수 있는 건 아무것도 없다. 더 볼 것도 없다. 스캔은 끝이다. 사건분석관의 육체는 일반적인 더미와는 차원을 달리하는 특별 제조품이다. 신체능력은 안드로이드 경찰의 두 배, 보통의 인간보다는 네 배 이상. 감각은 정밀한 분석기기보다 월등하다. 대부분 사건 현장은 한 번

둘러보는 것만으로 모든 분석이 끝난다.

흉기는 수거해 갔거나 어딘가에 버렸을 수 있다. 발자국이나 지문도 남은 게 없는 것을 보면 꽤 치밀하게 현장을 정리한 것 같다. 반면 시신을 버린 장소나 살해 방법을 보면 허술한 면이 있고, 극도의 분노 혹은 흥분 상태에서 이뤄진 우발적인 범행에 가깝다. 조사 범위를 넓혀 가면 금방 꼬리가 드러날 것이다. 적어도 살인에 있어서만큼은 완전 범죄란 불가능에 가깝다.

통제선 가까이 가자 형사가 다가왔다.

"뭐가 좀 나왔습니까?"

"아니요. 아무것도."

형사의 눈엔 언뜻 실망감이 비쳤다. 하긴 사건분석관이 온 이상 결정적인 단서 몇 가지는 나오리라 기대했을 터다.

"시신은 이대로 잘 보존해서 분석을 의뢰하도록 하죠. 부서진 양자 두뇌를 복원해서 정보를 추출할 수 있다면 의외로 쉽게 풀릴 수 있습니다. 이터널 라이프 쪽과 개인정보 공개 청구는 제가 맡죠. 이 사건은 이제부터 제가 전담합니다."

사건을 맡을지 다른 사건분석관에게 넘길지는 직접 결정하면 된다.

"알겠습니다."

"그럼, 전 이만 가 보겠습니다."

"시신 수습 이후 검시관이 배정되면 다시 연락드리겠습니다."

"알겠습니다."

나는 가벼운 묵례를 하고 현장을 떠났다.

3

사무실로 돌아와 곧바로 현장 분석 데이터를 본부에 발송한 뒤, 에반을 통해 이터널 라이프에 협조를 요청했다. 피해자 더미의 일련번호를 역추적하여 신원을 알아내려는 것이다. 개인정보 공개청구보다 이쪽이 더 빠를 수도 있다. 물론 정보 제공자와의 계약 조건에 따라 더 복잡해질 수도 있겠지만.

이터널 라이프는 마인드 업로딩 시장을 양분하는 두 다국적 기업 중 하나다. 영생 서비스를 주요 사업으로 한다. 원리는 간단하다. 더미라 불리는 인공 신체에 의식을 내려받는 것이다. 엄밀히 말하자면 더미에 탑재된 양자 두뇌에 이식하는 것이지만.

더미는 인간의 육체와 거의 흡사한 단백질 유기체와 나노 세포로 이뤄져 있다. 찌르고 꼬집으면 아프고, 간질이면 간지럽다. 인간다운 감각은 유지된다. 하지만 일정량 이상의 고통은 느끼지 못한다.

늙지 않고 질병에 시달릴 일도 없으며 의식을 내려받은 양자 두뇌만 멀쩡하다면 죽지도 않는다. 그러니 영생 서비스라 불리는 것이다. 하지만 이 사건의 피해자는 더미에 의식을 내려받은 양자 두뇌가 박살 났다. 소생 불가 상태.

가해자에게 확고한 살인 의도가 있었다는 의미다.

마인드 업로딩 기술을 다루는 또 다른 기업인 서클은 주로 도시정부와 계약을 맺고 일종의 복지서비스를 제공한다. 더미는 취급하지 않으며 의식을 내려받아 서버에 저장만 한다. 당장 경제적인 사정이 어려운 경우, 나중에라도 더미를 구할 수 있다면 소생할 수 있도록 하는 것이다.

우선 두 회사에 협조 요청을 해 두고, 뭐든 쓸 만한 정보를 기다리기로 했다. 아마 지금쯤이면 시신도 수습됐을 것이고 부서진 양자 두뇌의 복원작업도 시작했을 터다. 살인은 1년에 한 번 일어날까 말까 하니 경찰 본부 전체가 여기 매달리고 있을 것이다.

잠시 생각을 정리하는 중에 에반이 말을 걸어왔다.

"분석관님은 얼마 만에 보신 겁니까?"

"시신 말인가요?"

"네."

"꽤 오래됐죠. 물론 처음은 아니고 앞으로도 더 보게 되긴 하겠지만."

"역시 그렇겠죠? 그림자 구역이 사라지진 않을 테니까."

저층부의 후미진 곳, 감시카메라의 사각이 존재하는 곳이 그림자 구역이다. 대개 이곳에서 범죄가 발생한다.

지구에서의 마지막 전쟁과 대지진 이후, 인간이 살 만한 땅은 별로 남지 않았다. 그나마 다행인 건 인구도 그만큼 줄었다는 것이고, 빠르게 발전한 과학기술은 남은 이들에게 번영을 누리게 하는 데 충분하고도 남았다. 그러나 소외된 이들은 여전히 존재한다. 과거와 비교해 그 숫자와 비율이 낮아지고, 생활 수준이 나아졌지만 상대적 빈곤자들은 사라지지 않았다.

그들은 주로 거미줄처럼 빼곡하게 연결된 빌딩의 저층부에서 살아간다. 그들이 이곳에 몰려드는 이유는 하나다. 거주 공간이 무료로 제공된다. 해가 거의 들지 않고 습하다는 단점이 있지만, 살기에 그리 나쁘지 않다. 있을 건 다 있다. 스포츠 시설, 쇼핑센터, 여가시설 모두 잘 갖춰져 있다. 공간의 질 역시 바로 위쪽인 중층부와 비교해도 크게 뒤지지 않는다. 깨끗하게 잘 관리된다. 어차피 기계가 하는 일이다. 기계는 차별하지 않는다. 원한다면 중층부와 고층부를 오갈 수도 있다. 하지만 거주자들은 이곳을 거의 벗어나려 하지 않는다. 확실한 이유는 잘 모르겠다. 어차피 큰 차이도 없고 동류가 모여 사는 것이 편한 걸지도.

문제는 상대적으로 어둡고 그늘진 곳이 많아서일까? 중·고층부와 달리 범죄가 좀처럼 근절되지 않는다. 특히 인적이 드물고 후미진 곳, 그림자 구역은 더욱 그렇다. 안드로이드 경찰이 가끔 린치를 당하는 곳이기도 하다. 아마 완벽하게 안전한 세계를 만들 수도 있을 것이다. 어느 정도의 자유와 사생활, 약간의 권리를 포기한다면. 물론 그건 포기할 수 없는 것들이기에 불완전을 유지하며 완전을 지향하고 있을 뿐이지만.

에반이 다시 말을 걸어왔다.

"분석관님, 양자 두뇌를 복원한 분석 결과는 일주일은 걸릴 것 같답니다."

"그렇게나 오래요?"

"그러게요. 생각보다 오래 걸리긴 하네요."

뾰족한 단서가 없는 지금, 복원된 양자 두뇌는 결정적인 정보를 줄 수도 있다. 오늘은 이만하고 내일은 현장을 직접 돌아볼 생각이다. 스캔은 끝났지만, 목격자는 존재할 수 있으니까. 따로 연락이 없는 것으로 보아 경찰은 아직 목격자를 찾지 못한 모양이다.

"사건 관련 정보가 들어오거든 바로 연락 주세요."

"퇴근하세요?"

"네."

사무실에서 나와 차에 올랐다. 집으로 향하는 길, 머릿속이 복잡하다. 지금쯤 범인은 어디서 뭘 하고 있을까? 아무것도 떠오르지 않는다. 오늘은 좀 쉬어야겠다.

4

"글쎄. 분석관이 물으면 내가 꼭 답할 의무가 있나?"

정상적인 반응이다. 딱히 틀린 말도 아니고, 문제가 있는 것도 아니다. 그것도 저층부, 그림자 구역이라면 더욱. 상대는 사건 장소 근처 바의 마스터다.

"답변할 의무는 없습니다만, 협조해 주시면 감사하겠습니다."

"칫. 그러고 계속 서 있을 작정인가? 빨리 물어봐요. 뭔데 그래요?"

"어제 이 근방에서 살인 사건이 발생했습니다."

마스터의 표정이 딱딱하게 굳었다.

"사업장에서 거주하고 계시는 거죠?"

"그런데요."

"혹시 수상한 사람을 보거나 이상한 소릴 들은 적 없습니까?"

"없어요. 여긴 바잖아요. 워낙 시끄럽고 오가는 사람이 많아서 알 수가 없지."

"평소 못 보던 사람이 있다거나 하진 않았습니까? 바에 들른 사람 중에는요?"

"없어요."

삐딱하게 벽에 기대 선, 바 마스터의 눈을 가만히 들여다보았다. 거짓은 아닌 것 같다.

"협조 감사합니다."

나는 그대로 돌아섰다. 퉤! 등 뒤로 바닥에 침을 뱉는 소리.

"뭘 그렇게 꼬나봐, 망할 뱀파이어 새끼들."

작게 읊조리는 소리지만, 다 들린다.

뱀파이어, 흡혈귀.

사건분석관을 비하하거나 얕잡아 부르는 말이다.

특수한 재질 때문에 더미와는 느낌이 또 다른 창백하다 못해 투명한 피부, 놀라운 힘과 감각을 지녔다는 이유로 그렇게 불린다. 그냥 그러려니 한다. 저런 소릴 듣는다고 크게 기분이 나쁘지도 않거니와 우리가 사람을 공격해 피를 빨진 않지만, 꽤 닮은 구석이 있다는 것도 인정한다. 사건분석관의 긴 코트도 드라큘라의 망토처럼 느껴질지도 모르겠다.

나는 감시카메라 영상을 확인하기 위해 보안센터로 향했다. 별 기대는 없다. 범인이 그림자 구역에서 살인을 저지른 건 다름 아닌 감시카메라를 피하기 위해서였을 테니까. 이번에도 목격자가 있지 않을까 해서였다.

가볍고 낮은 신호음이 귓전에 울린다. 관자놀이 부근에 장착된 나노 통신기가 작동하는 소리다. 에반의 호출이다.

"말씀하세요."

"분석관님, 또 사건이 발생했습니다. 현장 출동 요청이에요."

꽤 다급한 목소리다.

"무슨 일이죠."

"그게, 좀 그렇네요."

"뭐죠?"

"K-501입니다."

두 번째 K-501. 아직 채 48시간이 지나지 않았다. 무력에 의한 살인이 연달아 두 건. 보통 일은 아니다. 불길한 예감이 든다. 박살 난 머리, 부서진 파편들이 뇌리를 스친다.

덜컥.

온다. 또 온다.

눈앞이 흐릿하더니 검은 얼룩이 스미듯 시야를 가린다. 동시에 알 수 없는 불안감이 치민다. 갑자기 심장을 꽉 죄어 오는 느낌. 눈을 감고 도리질을 친다. 다시 눈을 떴을 때도 얼룩이 보인다면 정말이지 견딜 수 없을 것 같다. 천천히 눈을 뜨자 거짓말처럼 눈앞이 맑아진다. 하지만 심장은 여전히 빠르게 뛰었고 불안감은 따끔한 불편함으로 남아 있다. 이 또한 사라질 테지만, 언제까지 이런 증상이 나타날지 가늠조차 할 수 없다는, 이 썩지 않는 몸뚱이가 썩을 때까지 계속될 거라는 비관. 극심한 스트레스가 이어진다.

아주 가끔 고작 몇 분 혹은 몇 초에 지나지 않는 시간이지만 이 얼룩은 이토록 나를 힘들게 한다. 어쩌면 더미 블루의 한 증상일지도 모른다. 하지만 상담을 받거나 MTD(Mental Therapy Dome) 신세를 지고 싶진 않다. 이터널 라이프에 문의하는 건 더 싫다.

과학기술에 반대하는 보수파 따위는 아니지만, 더는 내 몸에 손대고 싶지 않다. 의식을 또 다른 육체로 옮기는 짓이나, 이 두뇌에 뭔가를 집어넣거나 자극을 가하는 일은 그만두고 싶다. 특별한 이유는 없다. 그냥 싫다. 이것이 매우 비이성적인 사고라는 건 나도 안다. 하지만 어쩔 수 없다. 말 그대로 그냥, 싫다.

"첫 번째 희생자와 양상이 거의 같습니다. 분석관님?"

에반의 목소리에 퍼뜩 정신이 든다.

"분석관님, 왜 아무 말씀이 없으세요."

"아, 아닙니다. 잠깐 딴생각을 좀 했어요."

"딴… 생각요?"

"살짝 긴장했나 봐요."

"긴장이요? 분석관님이?"

"그럴 때도 있죠."

"하긴, K-501이 연달아 발생하다니 보통 일은 아니에요. 그렇죠?"

"네. 당장 가 봐야 할 것 같네요."

통화를 종료한 뒤 나는 서둘러 자리를 떴다.

5

첫 번째 희생자와 죽은 장소만 달랐을 뿐, 나머진 다른 게 없었다. 20대 초중반의 여성, 의식 이전을 한 상태, 머리가 완전히 파괴됐다. 그리고 역시나 남은 증거나 범인의 흔적은 없었다. 이것만으로도 온 경찰 본부가 발칵 뒤집힐 일인데, 더욱 충격적인 일이 연이어 벌어졌다. 두 번째 희생자 발견 이후 채 일주일도 지나지 않아 시신이 셋이나 더 나왔다.

똑같았다. 의식 이전을 한 20대 초중반의 여성, 머리가 부서진 채로 발견.

경찰 본부는 공식적으로 이 사건을 연쇄살인으로 규정했다.

연쇄살인.

적어도 한 세기는 지나지 않았을까? 마지막 연쇄살인 말이다. 그나마 다행인 건, 이후 그림자 구역 순찰이 강화되면서 추가 피해자는 나오지 않고 있다.

나에게 이 연쇄살인 사건을 해결하라는 임무가 주어졌다. 의아할 정도로 사건은 미궁 속이었다. 범인은 놀라울 만큼 흔적을 깨끗이 지웠다. 피해자들도 일반인이라면 거의 사용하지 않는 보안 레벨을 사용하고 있어서 신원을 알아내기 어려웠다. 그나마 이터널 라이프 측에서 제공한 정보에 따라 이들이 모두 기본 소득으로 생활하고 있었으며 서로 그리 멀지 않은 곳에 거주한다는 사실이 밝혀졌을 뿐이다. 모두 이주한 지 1년이 지나지 않았으며 이전 거주지는 알아낼 수 없었다. 시민정보 등록이 강제적인 것도 아니고, 홀로 사는 경우 추적이 쉽지 않다. 이런 사건이 발생하면 가족, 지인, 주변인을 찾아야 하는데 이들은 아직 그에 관한 정보도 나온 게 없었다. 피해자들은 철저히 고립돼 있었다. 그 또한 이상한 일은 아니다. 모두 학생 신분이며, 대학이나 정부 교육기관이 아니라 꽤 값비싼 사교육 시설에 다니면서 다양한 것을 배우고 있었다. 이터널 라이프의 서비스를 이용한 것도 그렇고, 기본 소득 외에 뭔가 다른 수입이 있는 것 같다. 후견인이나 보호자가 있을지도.

과거엔 아주 쉽게 개인의 신상이나 정보를 알아낼 수 있었다고 한다. 그랬다면 좀 더 수월하지 않았을까? 부질없는 생각이다. 지금은 개인이라는 가치가 그 무엇보다 우선시 되는 세상이다. 개인의 자유, 정보는 절대 함부로, 쉽게 침해할 수 없는 부분이니까.

어쨌거나 피해자들에겐 미묘한 공통점이 있었다. 정보가 더 나오고, 피해자들의 관계를 명확히 할 수 있다면 용의자를 특정할 수 있을 터였다. 모두가 그림자 구역에서 살해당했다. 이들이 거주하던 곳은 중층부인데 하층부의 후미진 곳까지 온 걸 보면, 분명 피해자 모두와 친분이 있는 누군가의 소행일 가능성이 컸다.

나는 이들이 살해당한 장소와 주소지를 중심으로 탐문을 시작했다. 그림자 구역이든, 중층부든 조사에 비협조적인 것은 다를 것이 없다. 지푸라기라도 잡는 심정으로 범인의 흔적을 쫓을 뿐이다. 의외의 연락을 받은 것은 그들의 주소지 근방을 돌고 있을 때였다.

1급 보안 연락이었다. 상대는 현재 피해자들의 양자 두뇌를 복원하는 검시관, 주노였다. 뇌과학자이자 보안 시스템 개발자로 다재다능한 사람이다. 평소 사건 해결에 많은 도움을 받곤 한다. 가끔 만나 차나 술을 마시기도 하는데 몇몇 사건을 함께 해결하면서 가까워졌다. 그나마 개인적인 친분이 있는 몇 안 되는, 아니 유일한 친구랄까? 하긴 좀 과하다 싶을 정도로 붙임성이 좋은 그는 나 아닌 누구와도 스스럼없이 지낼 것이다.

나는 곧바로 차 안에서 통신을 연결했다.

"여보세요? 예약 좀 하려고 하는데요. 창가로 두 자리."

"또 장난입니까?"

"그렇게 정색할 필욘 없다고 보는데?"

"정색하진 않았는데요."

"됐어. 재미없는 놈아."

"이런 말 하려고 1급 보안 연락을 한 겁니까?"

"아니, 아니. 성질하고는, 그러니까 사람들이 흡혈귀네, 귀신이네 하지."

"끊습니다."

"야야! 잠깐!"

"말씀하세요."

"하— 아무튼. 용건은, 이게 말이다. 지금 내가 이번 연쇄살인 피해자들 양자 두뇌 복원하고 있잖아?"

"그렇죠."

"그 작업은 끝난 지 꽤 됐어. 내 실력 알지? 그런데 이게 말이다. 아직 보고서를 못 쓰고 있어요. 이게 좀 뭐랄까? 뭐라고 해야 할까?"

"뭔데 그러시죠?"

"이상해. 너무너무 이상해."

"그러니까 뭐가 이상한데요?"

"피해자 다섯. 두뇌가 다섯. 서로 다른 두뇌가 다섯. 맞잖냐."

"또 장난입니까?"

"아니, 들어봐. 놀라지 마. 잠깐 심호흡 좀 하고. 진짜 너 놀라지 마라. 후우… 이 다섯 개의 두뇌… 양자 확률 패턴이 99퍼센트 이상 일치하고 있어!"

무슨 말인지 잘 모르겠다.

"그래서요?"

"그러니까 이 다섯한테 아빠가 좋아, 엄마가 좋아? 하고 물으면 동시에 삼촌이라고 대답할 확률이 99퍼센트 이상이라는 거야."

"재미있네요."

"하, 참! 이 다섯의 두뇌가 다 똑같다고!"

"네?"

"이건 그냥 내 생각인데, 아무래도 하나의 두뇌가 다섯으로 복제된 것 같아."

"복제…요? 그럴 리가."

"그래. 그럴 리가 없지. 이런 건 처음이야. 하지만 만약 의식 복제가 아니면 패턴은 절대로 같을 수 없어."

사실이라면 실로 충격적인 일이 아닐 수 없다. 지금까지 이런 일은 없었다. 의식을 복제했다. 그것만으로도 큰일인데, 심지어 복제한 의식을 다섯의 양자 두뇌, 다섯의 육체에 이식했다는 것이다.

"그렇다면 원본도 있지 않겠습니까?"

"뻔하지 뭐. 죽은 다섯 중 하나가 본체겠지."

"그럴까요?"

"아마도. 원본을 업로딩한 뒤에 넷을 더 만든 거겠지."

"그럴 수도 있겠네요. 그럼 이 사건은 단순히 연쇄살인으로 보기는 어렵겠는데요."

"놀랍지 않아? 놀라는 척이라도 좀 해라."

많이 놀라긴 했다. 주노가 말을 이었다.

"의식복제방지법은 지금까지 누구도 어긴 적이 없잖아. 만약 이게 사실이라면 사상 초유의 사건이야. 이건 최하 무기징역이라고! 대체 누가 이런 말 같지도 않은 짓을 했는지. 그래, 누군가가 호기심에 의식을 복제할 수는 있다고 치자. 그런데 더미까지 써? 이건 일종의 복제 인간을 만든 셈이잖아? 그리고 그걸 파괴한 건 누굴까?"

"복제 인간을 만든 당사자가 아닐까요? 어딘가 의식을 복제한 사실이 새어 나갔겠죠."

주노가 기다렸다는 듯이 대답했다.

"맞아. 나도 그렇게 생각해. 은폐 시도겠지."

"그럼 검시관님은 이 모든 일을 일으킨 범인, 의식을 복제하고, 그 복제품을 제거한 자가 누구일 것 같습니까?"

주노는 잠시 뜸을 들이더니 가벼운 어조로 말했다.

"그야 사건분석관님께서 알아보셔야겠지? 이 정도면 뭐 다 알려 준 것 같은데?"

"흠, 알겠습니다. 보고서는 언제 작성하실 겁니까?"

"작성은 끝났어. 전송만 하면 돼. 미리 알려 주고 싶어서 연락한 거야."

"그럼 조금만 더 기다려 주실 수 있을까요? 보고서 전송이요. 단서를 더 찾은 다음 연락드리겠습니다."

"그래. 내가 시간 끄는 거야 전문이지."

"네, 그럼."

"잠깐."

"네?"

"너, 그건 괜찮아?"

"무슨."

"더미 블루."

주노는 내가 앓고 있는 증상에 관해 알고 있는 유일한 사람이기도 하다. 그만큼 걱정해 주는 유일한 사람이기도 하고.

"괜찮습니다."

"완치?"

"그건 아닙니다만."

"MTD에도 안 간다면서."

"더미 블루라고 확진받은 것도 아니고 심각하지도 않습니다. 걱정하실 것 없어요."

"도움 필요하면 말해. 그 정도 진단은 나도 가능하니까."

"네."

"끊는다. 언제 또 한잔하자."

새로운 단서, 의혹, 그리고 새로운 관점, 방향.

할 일이 생겼다.

6

만약 정말로 의식 복제가 이뤄지고, 똑같은 두뇌를 가진 인간이 만들어졌다면, 이런 일을 할 수 있는 사람을 찾으면 될 터였다. 예상했던 것보다 실타래는 더 수월하게 풀렸다. 그런 일을 할 수 있는 사람은 손에 꼽을 정도였고, 적어도 이 도시에는 단 한 사람뿐이었다.

비밀리에 의식을 복제하고 더미에 이식할 수 있는 유일한 사람. 다름 아닌 이터널 라이프의 CEO, 리사 연이었다.

곧바로 이터널 라이프에 연락을 취해 리사 연과의 접견을 요청했지만 거절당했다. 사유는 리사 연의 휴가. 의혹은 더욱 짙어졌다. 수소문해 봤지만 리사 연의 행방은 묘연했다. 아마 리사 연 정도의 능력과 재력을 겸비한 사람이라면 쥐도 새도 모르게 몇 년은, 아니 언제까지고 숨어 있을 수 있을 터였다. 마음이 조급해졌다. 물론 주노의 분석에 실수나 오류가 있을 수도 있다. 하지만 그 외엔 나온 것이 아예 없으니 일단 파 볼 수밖에.

이즈음 새로운 단서가 하나 나왔다. 피해자 모두가 주기적으로 방문한 장소가 있었다는 것. 다름 아닌 그들이 거주하던 구역의 MTD였다. 확실한 진단이 내려진 정신적 질환이 아니면 주기적인 MTD 이용은 엄격히 금지돼 있다. 그러니까 이들이 모두 정신질환을 앓고 있었다는 말이다. 그리고 그것이 모두 같거나 비슷한 질환이라면, 이들이 하나의 의식, 두뇌를 공유한다는 확실한 근거가 될 수 있다.

나는 곧바로 MTD의 정보 공개를 청구하고 그 결과를 확인할 수 있었다. 첫 번째 희생자가 진단받은 병명은 2가 B형 우울증. 그리 사례가 많지 않은 아주 희귀한 형태의 우울증이었다. 두 번째 희생자의 병명도 2가 B형 우울증. 세 번째, 네 번째, 다섯 번째, 모두 2가 B형 우울증이었다. 유전적, 태생적인 두뇌의 물리적 결점으로 인한 질환으로 하나의 MTD 시설당 2가 B형 우울증을 앓는 사람은 채 다섯 명이 넘지 않는다고 첨언되어 있었다. 나는 이들이 의식이 복제된, 복제 인간이라고 확신했다. 그런데 이 MTD에는 이 다섯 명 외에 2가 B형 우울증을 앓는 사람이 두 명 더 있었다.

한 사람은 여성, 또 한 사람은 남성. 나는 추가로 이 두 사람의 자료를 요청했다. 복제 인간이 다섯 명뿐이라는 보장은 없었다. 다섯 명이 모두 여성이었으니, 남은 저 한 사람의 여성이 여섯 번째 복제 인간일지도 몰랐다.

사건과 직접 관련이 없는 정보였던지라 조금 시간이 걸렸지만, 생각보다 어렵지 않게 자료를 받아 볼 수 있었다.

1번 데이터: 2가 B형 우울증, 남성, 유진 리.

그리고 다음 장.

나는 놀라지 않을 수 없었다.

2번 데이터: 2가 B형 우울증, 여성, 리사 연.

7

"자기 자신을 카피한 거네."

주노는 일말의 여지없이 단정하듯 말했다.

"저도 그렇게 생각합니다."

"남몰래 실험이라도 한 건가?"

"그럴지도 모르죠."

"그래도 선을 너무 넘어 버렸는데? 거기다 이것저것 배우게 하면서 무슨 자식이라도 키웠던 건가? 아님 애완동물?"

"리사 연에게 직접 물어볼 생각입니다."

"이건 뭐 더 볼 것도 없겠어. 이 정도면 본부에서도 임의동행 허가 정도는 내줄 거야."

"네, 안 그래도 이미 신청해 뒀습니다."

"역시 빠르네. 리사 연 행방은?"

"아직입니다. 하지만 아마 곧 어딘가 MTD에 모습을 드러낼 겁니다."

"그럴까?"

"아무리 대단한 천재라도 MTD만큼은 어쩌지 못하죠. 그리고 2가 B형 우울증의 경우 주기적으로 치료를 받지 않으면 극단적인 상황에 직면할 수도 있어요."

"예를 들면?"

"자해 혹은 자살이죠."

"그 정도야? 무서운 병이네 그거."

"아마 리사 연도 다른 방법을 찾아보겠지만, 제가 이미 여기저기 손을 써 놓은 상황이기 때문에 결국 MTD에 들를 수밖에 없을 겁니다. 무엇보다 그 질환이 가진 충동성이 그렇게 만들 거고요."

"그래, 그러니까, 정리하자면 리사 연이 다섯의 복제 인간을 만든 다음, 그 사실이 어딘가 새어 나갔거나 혹은 그럴 것이 두려워 파기했다는 시나리오네. 그렇지?"

"일단은, 그렇습니다."

"이건 그럼 연쇄살인은 아닌 거네. 그렇지? 인간이 죽은 건 아니잖아?"

나는 바로 대답하지 못했다. 과연 그럴까? 머리가 부서진 채 바닥에 널브러져 있던 그 모습은, 하나의 독립된 의식을 가지고 더미를 이용하는 진짜 인간의 죽음과 거의 다르지 않았다. 아니 완전히 똑같았다. 무엇보다 이런 사실이 드러나기 전 나는, 그리고 경찰 본부는 분명 그들을 인간으로 규정했다. 그렇기에 연쇄살인이 성립된 것이 아닌가. 나 역시 더미를, 아니 그보다 더한 비정상적인 힘과 능력을 지닌 더미를 육체로 삼고 있다. 나의 의식을 복제한 또 하나의 양자 두뇌, 더미가 있다면? 누가 진짜인지 어떻게 구별한단 말인가?

모르겠다. 가슴이 답답해진다. 또 모락모락 아지랑이가 피어오르듯 눈앞이 아찔해지는 기분이다. 나는 도리질을 치며 정신을 바로 했다. 나는 사건분석관이다. 나는 내 할 일을 한다. 범죄를 저지른 자를, 원흉을 체포한다. 그뿐이다.

"그야, 법원에서 판단할 일이겠죠. 저는 그냥 주어진 일을 할 뿐입니다."

주노도 잠시 대답이 없더니 나직이 말했다.

"그래. 너답네."

8

아직 경찰 본부의 입장이나 보도는 정정되지 않았다. 외부에는 여전히 연쇄살인 사건으로 발표되고 있었다. 내부적으로도 굉장히 곤란한, 어찌하지 못하는 상황인 것 같았다. 그럴 만했다. 인간의 의식 복제는 일어난 적이 없는 사상 초유의 일이다. 어쨌거나 그 때문에 사건을 맡은 사건분석관인 나의 무능을 탓하는 언론 보도가 연일 줄을 이었다.

사실 사건의 정체성을 좀 바꿔 놓았을 뿐, 딱히 틀린 말도 아니라는 생각에 크게 신경이 쓰이진 않았다. 무엇보다 연쇄살인이 벌어졌다고 해서 민심이 흉흉해지거나 사람들이 불안에 떨지도 않았다. 마치 전설 속 괴물이 나타났다는 뉴스처럼, 연쇄살인은 사람들에게 허무맹랑한 허구처럼 인식되고 있었다. 농담의 소재 정도로 쓰이고 마는. 그만큼 생소하고 받아들이기 어려운 일이라는 의미다.

나는 리사 연의 행방을 찾는 데 집중했다. 무엇보다 각 구역의 MTD를 촘촘하게 감시하도록 했다. 아니나 다를까, 성과가 있었다. 잠시 밖에 나와 있는데 에반이 부산을 떨며 비상연락을 해 왔다.

"리사 연이 나타났어요! F-51 구역! 최저층 MTD!"

역시, 예상이 맞아 들어갔다. F-51 구역까지는 거리가 있어 먼저 근방의 방범 드론을 띄우고 실시간으로 영상을 전송하도록 했다. MTD에 설치된 카메라에 찍힌 리사 연의 모습도 확인할 수 있었다. 변장을 했지만, 특수 감시 시스템을 추가해 둔 것이 주효했다. 체구, 체형, 음성, 눈동자, 걸음걸이 모든 것이 리사 연과 일치했다.

나는 빠르게 차를 몰아갔다. 치료에는 시간이 좀 걸리는 것으로 안다. MTD에서 나오기 전에 체포할 수 있을 터였다. 그런데 예상치 못한 일이 벌어졌다.

리사 연이 생각보다 빨리 MTD를 나왔다. 드론의 실시간 영상에 MTD를 나오는 리사 연의 모습이 비쳤다. MTD 앞에 주차돼 있던 차에서 갑자기 건장한 남자가 내리더니 리사 연의 팔목을 우악스럽게 잡아끌어 차에 태워 곧바로 출발해 버렸다는 것. 뜻밖의 상황이었다.

남자가 모는 차는 도시 외곽을 향해 달렸다. 나는 지름길로 차를 몰아 겨우 따라잡을 수 있었다. 하지만 추격이 붙은 걸 알았는지 남자의 차는 속도를 냈고 위험천만한 곡예주행을 시작했다. 더 시간을 끌면 추가 피해가 발생할 것 같았다. 나는 임기응변을 발휘했다. 교통안전국에 연락해, 도주 경로에 비상 도로 통제 시스템을 발동시켰다.

남자의 차는 불시에 솟아오른 바리케이드에 그대로 충돌했다. 나

는 바로 뒤쪽에 차를 세우고, 멈춰 선 차를 향해 갔다.

조용했다.

기절이라도 한 걸까?

이때 갑자기 운전석 문이 벌컥 열리더니 남자가 튀어나왔다. 손에 든 흉기를 난폭하게 휘두르며 나를 공격해 왔다.

둔기. 슬레지해머의 일종. 조잡한 수제품으로 추정. 무게 15~17킬로그램 정도.

부서진 피해자들의 머리가 떠올랐다.

범행 도구. 확신할 수 있었다. 그렇다면 이 자가 범인? 리사 연의 사주를 받은 건가? 둘 사이에 문제가 생긴 건가?

둔기가 날아든다. 나의 머리 쪽을 향해.

느리다. 너무 느리다. 느려 터졌다. 약해 빠졌다. 하품이 나올 지경이다. 나는 사건분석관이다. 특유의 복장으로 추정할 수 있을 것이다. 모를 리 없다. 사건분석관을 상대로 한 것치고는 너무도 무모한 공격이다. 흥분한 나머지 이성을 잃은 것이다.

해머의 타격면이 몇 밀리미터 앞까지 다가온 순간, 나는 슬그머니 뒤로 움직였다. 아마 이 자의 눈에는 거의 맞출 뻔한 것처럼 보였을 것이다. 남자는 더욱 격한 동작으로 해머를 휘둘렀다. 조금만 더 힘을 주면, 약간만 더 빠르게 움직이면 맞출 수 있다고 생각했겠지.

남자는 지치지 않고 해머를 휘둘렀다. 속도는 전혀 줄지 않았다. 어쩌면 품질 좋은 강화 더미 이용자인지도 모른다. 그렇다면 피하는 것만으론 부족하다. 싫지만, 무력을 사용해야 할 것 같다.

해머가 오른 뺨을 향해 날아들었다. 살짝 몸을 낮춰 공격을 피한 뒤 곧바로 남자에게 달려들어 허리춤을 붙들었다.

규칙적인, 차분한 심장의 박동이 전달된다.

더미가 확실. 공격의 강도는 40퍼센트 정도.

나는 남자를 슬쩍 들어 올렸다가 바닥에 머리부터 내리꽂았다. 쿵! 남자는 그대로 대자로 뻗어 버렸다. 눈이 풀린 채로 입이 벌어져 있다. 죽지는 않았다. 한동안은 깨어나지 못하겠지만.

그사이 리사 연이 도주할까 싶어 얼른 차로 달려갔다. 다행히 리사 연은 조수석에 얌전히 앉아 있었다. 도주할 수 없는 상태. 이마가 완전히 함몰된 채였다. 슬레지해머의 타격면과 정확히 일치하는 상흔.

머리가 복잡해진다. 왜 이런 일이 벌어졌는가? 도대체 저 남자는 누구란 말인가? 왜 리사 연을 공격한 걸까? 리사 연의 사주로 복제 인간을 파괴한 자일까? 뭔가 대가를 받기로 했는데 그러지 못한 건가?

생각을 멈추고 리사 연의 상태를 스캔한다. 두개골이 부서졌지만 양자 두뇌는 파괴되지 않았다. 그렇다. 리사 연도 더미를 쓰는 영생 서비스 이용자다. 이 정도 부상이라면, 구할 수 있다.

나는 곧바로 구급차를 불렀다. 이후 현장에 도착한 본부 경관에게 남자의 신병을 인계했다. 여전히 깨어나지 못하고 있어 들것에 실어 보내야 했다. 때마침 구급차가 도착해 리사 연도 들것에 실었다. 나란히 들것에 실린 리사 연과 남자를 보며 나는 묘한 감각에 사로잡혔다.

두 사람의 얼굴이 묘하게, 닮았다.

순간 아찔해진다. 이 남자의 정체— 알 것 같다.

지금까지 희생된 피해자들은 모두 머리가 부서져 얼굴을 확인할 수 없었지만 보지 않아도 알 수 있을 것 같다. 모두 리사 연, 그리고 이 남자와 닮았을 것이다. 잠시 잊고 있던 이름이 뇌리를 스친다. 이들이 함께 주기적으로 방문하던 MTD, 그리고 똑같은 우울증을 앓은 유일한 남성. 유진 리.

리사 연은 다섯 명의 여성, 그리고 한 명의 남성에게 자신의 의식을 복제했다. 심지어 제 자식이라도 되는 양, 겉모습까지 닮은 복제 인간을 만든 것이다.

9

체포된 남자는 깨어난 뒤에도 끝까지 입을 열지 않았다. 하지만 신상정보는 곧 밝혀졌다. 무직. 이것저것 배우다 중단. 더미 이용 중. 이름은 유진 리. 나의 예상대로였다. MTD의 2가 B형 우울증을 앓던 유일한 남성, 바로 그 유진 리였다.

병원으로 실려 간 리사 연의 양자 두뇌는 멀쩡했고, 큰 문제 없이 회생할 수 있었다. 그리고 리사 연의 입을 통해 모든 내막이 밝혀졌다.

주노의 분석은 정확했고, 나의 추리도 어긋나지 않았다. 리사 연은 자신의 의식을 복제했다. 다섯 명의 여성 실험체, 그리고 추가로 준비한 한 명의 남성 실험체, 유진 리.

리사 연은 개인적인 호기심으로 행한 실험이었을 뿐이라고 주장했다. 번식이 엄격히 통제된 시대에 새로운 종 번식의 방식으로서 의식 복제와 더미를 이용하는 것에 관한 실험이자 양자 두뇌에 내재한 자유의지, 그 의외성과 가능성의 발굴이 목적이었다고.

다섯 명의 여성은 아무 문제 없이 새롭게 설정한 기억이 작동했고, 자연스럽게 사회에 적응했다고 한다. 그런데 실험 막바지에 추가한 특별한 실험체인 남성의 더미와 양자 두뇌에 문제가 생겼다.

두뇌-신체상의 어긋남이 지속적인 충돌과 오류를 일으켜 가뜩이나 물리적인 흠결이 존재하던 의식을 더욱 혼란에 빠트렸다고 한다. 유진 리는 자꾸만 고개를 쳐드는 그 혼란의 원인을 파고들었는데, 마침내 리사 연의 존재와 실험에 관해 알게 되었다. 유진 리는 세기의 천재로 손꼽히는 리사 연의 의식과 두뇌를 이어받은 만큼 뛰어난 여러 재능을 겸비해 생각보다 빠르게 많은 걸 알아냈다고 한다.

그간 겪어 온 견딜 수 없는 고뇌와 고통, 극에 다다른 자신의 존재에 대한 의문과 혼란, 이 모든 일이 리사 연이라는 한 인간의 호기심 때문이었다는 사실에 유진 리의 분노와 증오심은 극에 달했다.

유진 리는 그렇게 복제된 실험체를 모조리 없애고, 종국에는 리사 연까지 살해한 뒤 유일하게 남은 본체가 되기로 했다. 리사 연은 이를 일컬어 "완벽한 복수"라고 했다. 이 세계에 리사 연은 두뇌-신체상이 뒤틀린 불완전한 존재만 남는 것이니까.

유진 리는 그를 위해 리사 연이 실험체에 주입한 추적-분석용 나노봇을 제거했다. 리사 연의 행방이 묘연해진 것이 바로 그 시점이었다. 내가 리사 연의 행방을 쫓을 무렵, 리사 연은 유진 리의 행방을 쫓고 있었다.

또 하나 새롭게 밝혀진 것은 리사 연은 우울증 때문에 MTD에 간 것이 아니었다. 유진 리에게 생긴 여러 증상, 문제를 해결하기 위한 장치를 직접 제작하기 위해 치료용 캡슐에 내장된 칩을 탈취하러 간 것이었다. MTD는 중독의 위험성이 있어 치료용 캡슐에 쓰이는 모든 부품과 소프트웨어가 도시 정부 차원에서 철저히 관리되고 있다. 그 때문에 리사 연도 그런 무모한 방법을 쓸 수밖에 없었다. 즉 리사 연은 유진 리를 없애기 위해 행방을 쫓은 것이 아니라 그를 치료하기 위해서였다. 실험체에 대한 애착이 대단했다.

아무튼 그녀의 실험은 실패로 돌아간 셈이고, 이제 사법부의 처분만 남았다. 초유의 사건이니만큼 극형을 피하긴 어려울 것이다. 의식 복제는 절대로 일어나선 안 될 일이니까.

복잡한 쪽은 오히려 유진 리다. 그의 존재 자체가 문제다. 그를 인간으로 인정하는 순간, 피해자들 또한 인간이 되고 연쇄살인이 성립하게 된다. 그에 맞는 형벌도 받게 될 것이다. 하지만 그를 단순한 실험체로 보면 피해자들 역시 단순히 실험체가 파괴된 것에 불과하므로 가벼운 사건으로 끝난다. 그런 경우 그는 인간에게 내려지는 형벌을 받지 않고 존재해선 안 될 복제품으로서 파기될 것이다.

앞으로 이를 두고 많은 논란이 예상된다.

나는 오늘 마지막으로 유진 리를 만났다. 리사 연의 증언을 확인받고, 또 다른 숨겨진 사실은 없는지 그의 이야기를 듣고 싶었다.

"더 할 말 없어요? 이대로 입을 다물고 있으면 더 힘들어질 겁니다."

나의 거듭된 회유에도 유진 리는 침묵을 고수했다. 리사 연의 자백이 모두 사실이라는 확인만 해 주었을 뿐, 다른 말은 일절 없었다. 좀 더 시간이 필요한가 싶어 기다렸지만 그저 가만히 바닥에 시선을 떨구고 있을 따름이었다.

더는 기다려 봐야 헛수고일 것 같았다. 그만 자리를 떠야겠다는 생각이 들었다. 이때 문득 유진 리의 소매 밖으로 축 늘어진 한쪽 손목에 죽죽 그어진 흉터가 보였다. 구시대의 바코드처럼 나 있는 흉터가 좀 우스웠다. 자해라도 한 건가? 나노 세포의 자가 치유를 막는 약물이라도 쓴 걸까? 어쨌든 그런 건 진짜 인간의 육신에나 가능한 일이다. 어차피 살아 있는 세포가 아닌 더미, 단백질 유기체에 어쭙잖은 짓을 했다. 본인도 그걸 모르진 않았을 터, 답답하고 힘들어 어떻게든, 뭐라도 하고 싶었나 보다. 뭐든 하는 시늉이라도. 이내 그 분노를 밖으로 돌린 것 같지만.

리사 연의 존재를 모조리 없애 버리고 하나만 남기려 한 것, 또한 그 유일한 의식의 주인이 바로 본인이길 바란 것, 그런다고 온전한 오리지널이 될 수 있었을까? 그저 바람이었겠지. 빤한 범주에 있는 행동이다. 욕망하고 해소하는 것. 그저 그런 일을 벌인 것이다. 꽤 대범했지만 그것도 이젠 끝이다. 사건이 남긴 파장은 꽤 길어질 것 같다.

“전 이만 갑니다.”

자리에서 일어서자 유진 리가 퍼뜩 고개를 들었다.

“분석관님?”

갑자기 마음이 변하기라도 한 걸까? 내가 말해 보란 듯 가만 응시하자 이내 유진 리가 우물쭈물하다 입을 열었다.

"제가, 벌을 받게 될까요?"

나는 잠시 고민했지만 천천히 말했다.

"모릅니다. 그건 제가 판단할 문제가 아닙니다."

유진 리는 어쩐지 실망한 표정으로 다시 고개를 떨구었다.

나는 그렇게 구치소를 나왔다.

10

큰 파도가 지나간 뒤, 여느 때처럼 잔잔한 날이 이어졌다. 갑작스러운 연락에 사무실을 나섰다. 이 또한 전과 다를 바 없는, 차나 한잔하자는 주노의 호출이다. 고층부의 꽤 고급스러운 카페에서 주노를 만났다.

"여— 일찍 왔네?"

약속 시간은 아직 10분이 남았는데 주노가 먼저 와 일을 보고 있었던 모양이다. 탁자 위에 놓인 커피잔 옆 태블릿에 무언가 빼곡히 적혀 있다. 내가 맞은편 의자에 앉자 주노는 태블릿의 화면을 끄며 말했다.

"소식은 들었어?"

"무슨 소식이요?"

"리사 연. 의식 봉쇄 쪽으로 가닥이 잡히고 있는 것 같던데? 일단은."

의식 봉쇄, 더미에서 의식을 분리해 수형자 서버에 업로드하는 것이다. 영원한 징역형인 셈이다.

"일단은?"

"응. 리사 연이 지금까지 학계나 사회에 미친 영향이 적지 않으니까 선처를 바라는 탄원서가 줄을 잇고 있다네."

"그렇군요."

"거기다 그 실험체는 여전히 격리된 채로 처분을 기다리는 중이야."

"아직도요?"

"그래. 뭐 이런저런 말들이 많나 봐. 실험체로서 가치가 있다는 소리도 있고."

"그렇군요."

"반응이 왜 그리 뜨뜻미지근해? 별로 궁금하지 않았나 봐?"

"뭐 그냥 예상대로라서요. 이 얘기하려고 만나자고 했어요?"

"꼭 그런 건 아니고. 왜, 바빠?"

"아니요."

"그럼 차부터 주문해."

나는 따뜻한 코코아를 주문했다. 주노가 다시 입을 열었다.

"다른 게 아니고, 이거 보여 주려고."

주노가 태블릿의 화면을 켜고 조작하자 사진이 한 장 떴다. 어두운 곳에 어스름한 조명이 밝혀진 커다란 스튜디오처럼 보이는 사진이다.

"이게 뭐죠?"

"테서렉트(Tesseract)야. 알지? 나도 이 실험 자문위원 중 하나인 거."

"네?"

"너 여기 관심 많잖아. 시간여행."

"그렇긴 한데, 가능해요?"

"이번에 처음으로 링크(Link)에 성공했어. 단 몇 분 동안이지만 수십 년 전으로 이동했다고 해."

이건 놀라지 않을 수 없다.

"정말요?"

"그래. 사실 뭐랄까? 굉장한 오버 테크놀로지긴 하지. 완벽한 통제는 불가능해. 중요한 건 링크에 성공은 했지만 투입된 안드로이드가 버텨 내지 못했다는 거야."

"버텨 내지 못해요? 뭘요?"

love

"쉽게 말해 링크에 따른 정신적, 물리적 압력이지. 양자 두뇌도 더미도 모두 못쓰게 돼 버렸어."

"그럼 어떡하죠?"

"어떡하긴. 좀 더 강력한 새 안드로이드를 만들던가, 아니면 그보다 튼튼한 누군가가 나서야지."

"그럼…."

주노가 곧바로 이어 말했다.

"사건분석관이 물망에 오르고 있어. 실험 데이터에 따르면 사건분석관의 양자 두뇌와 더미라면 아무 문제 없이 링크할 수 있다고 해."

"그렇군요."

"물론 위험한 일이지만, 난 네가 적임자라고 생각해."

테서렉트. 인공 블랙홀 생성 실험 도중 우연히 발견한 과거로 이동할 수 있는 공간. 그것이 진짜 우리가 사는 우주인지, 아니면 다른 우주의 과거인지는 아직 확인 불가능. 물론 후자일 가능성이 크다. 어쨌거나 나는 양자 두뇌도, 더미도, 영생도, 안드로이드도 그리고 사건분석관도 없던 특이점 이전 시대에 대한 호기심이 크다. 주노가 굳이 내게 이런 얘길 들려주는 것도 그래서다. 몇 번이나 이야기했으니.

내가 말이 없자 주노가 다시 입을 열었다.

"당장 결정할 일은 아니야. 어쨌거나 시스템도 아직 보완할 부분이 많아. 몇 년이 걸릴 수도 있어. 일단 염두에 두라는 말이지."

"그래요. 고마워요."

"더미 블루는 어때? 괜찮은 거지?"

"별거 아니라고 했잖아요."

"그럼 다행이고."

주노는 곁에 놓인 커피잔을 들어 쭉 들이켜는가 싶더니 얼른 다시 뱉어 냈다.

"뭐예요. 더럽게."

"다 식었잖아."

주노는 커피잔을 들고 벌떡 일어나 주문대 쪽으로 갔다. 나는 코코아를 한 모금 마시고 잠시 생각에 잠겼다.

아마도, 링크에 자원하게 될 것 같다.

테서렉트.

과거 그리고 과거인.

화성 폭동 사건

—아서와 프리드리히

1

새해가 밝았다.

좋게 말하자면 조용하고 평온한, 조금 비틀자면 지루한 날의 연속이었다. 의식 복제 사건 이후 큰 사건은 없었다. 테서렉트 프로젝트 또한 계속 연기되고 있었다. 나는 주노를 통해 프로젝트를 주도하고 있는 과학부서에 꽤 적극적으로 링크에 참여할 의사를 밝혔다. 하지만 안드로이드가 아닌 진짜 인간을 염두에 둔 실험이라 시스템의 완벽한 안정화가 필요하다는 이유로 차일피일 미뤄지더니 결국 두 해나 넘겨 버렸다.

한가한 나날 덕에 나에겐 새로운 취미가 하나 생겼다. 복싱이다.

사실 격투술이야 차고 넘칠 정도로 습득한 상태지만, 그건 모두 의식이 이전되면서 양자 두뇌와 더미에 저장된 것이지 경험을 통해 배운 것들은 아니다. 그래서일까? 체육관에서 이미 알고 있는 원투, 훅, 어퍼컷을 사람들 사이에 섞여 휘두르는 것은 어딘지 새롭게 느껴진다. 무엇보다 스멀스멀 불안과 우울이 느껴질 때 격하게 몸을 움직이다 보면 예의 더미 블루가 사라진다. 기분 탓이겠지만, 그게 중요한 건지도. 실제로 흐르는 시간 속에서 차근차근 무언가를 경험하는 것의 특별함이리라. 물론 스파링은 평범한 사람들을 상대로 했다간 크게 다치게 할 수도 있기에 안드로이드 경관을 상대로 최대한 힘을 조절하며 한다.

이날도 운동을 마치고 사무실로 돌아왔다. 에반이 기다렸다는 듯 말을 걸어왔다.

"분석관님, 오늘도 열심이시네요."

"그러게요. 이럴 줄 알았으면 진즉 할 걸 그랬어요."

"복싱이 꽤 마음에 드시나 봐요? 하긴 지금까지도 살아남은 몇 안 되는 고대 올림피아 종목이니까요."

"그러게요. 재미있어요."

"분석관님."

"네."

"조금 전에 장거리 출장 요청이 들어왔습니다."

"장거리 출장? 어디 다른 도시로 가는 건가요?"

"아니요. 더 멀리요."

"더 먼 곳?"

"화성이요."

화성은 가 본 적이 없다. 갈 이유도 없었다. 아직 화성은 개발 중인 상태다. 기껏해야 연구원들, 개발 인력이 머무르고 있을 뿐이다. 범죄가 벌어질 만한 곳이 아니다. 만약 문제가 발생했다면 아마도….

에반이 말했다.

"화성의 교도소에서 폭동이 발생했다고 합니다."

개척 중인 화성에서 연구개발 인력 외에 가장 많은 비율을 차지하는 건 다름 아닌 범죄자들이다. 지구에는 죄를 짓지 않은 일반 시민이 살아갈 공간도 넉넉지 않다. 하물며 범죄자를 수용하는 공간이 충분할 턱이 없다. 화성의 교도소는 개척이 시작되는 시점부터 큰 규모로 지어졌고, 많은 수의 범죄자가 이감됐다. 지구의 수용 공간 포화를 해결하는 동시에 죄수들이 노역으로 화성의 개척 작업에도 직접 참여하며, 개인이 아닌 집단의 적응 테스트 표본도 제공한다. 일석삼조인 셈이다. 먼 과거 신대륙 개척과도 크게 다를 바 없다. 지구에서보다 자유가 더 주어지는 만큼 다들 잘 적응하고 교화율도 상당히 높다.

"폭동이요?"

"네."

"그럴 리가. 안드로이드 교도관이 수십 기나 배치돼 있는 것으로 알고 있는데요. 그 정도면 충분히…."

에반이 부드럽게 내 말을 잘랐다.

"바로 그 안드로이드 교도관이 문제였어요."

"네? 그건 또 무슨 말이죠?"

"교도관 다섯 기가 해킹당했습니다. 교도소 내 제어 시스템과 보안 시설이 망가지고 파괴됐어요. 그런 와중에 소장과 부소장, 재소자 열다섯 명이 사망했고 많은 부상자가 나왔습니다."

"해킹? 안드로이드를? 그게 가능한 일입니까? 확실한가요?"

"물론 제 생각엔 해킹까지는 아니고 뭔가 고장이 발생했거나 착오가 있는 것 같습니다만, 보고서가 그렇게 올라왔습니다. 여기에 관해선 추가 조사가 이뤄질 것으로 보입니다. 폭동은 다른 네 개 구역의 교도소에서 빠르게 교도관들을 지원해 주어 다행히 진압되었고, 폭동을 일으킨 건 단 한 사람의 재소자였습니다. 올해로 열다섯 살 된 소년."

그 순간 아마 내 표정은 눈에 띄게 굳어지고 있었을 것이다.

"누군지 알 것 같군요."

"네. 분석관님에게 그 소년에 대한 위험성 평가 요청이 들어왔습니다."

"그렇겠죠. 제가 체포해서 그리로 보냈으니까."

"맞습니다."

에반의 수긍에 나는 조용히 읊조렸다.

"아서와 프리드리히."

2

타는 듯한 더위, 시큼한 악취가 떠오른다. 그날, 내가 본 것은 사건분석관이 된 이래 가장 많은 시신이었다.

이른 아침, 경찰의 다급한 협조 요청이 들어왔다.

서클이 운영하는 중층부 H-01 구역 마인드 업로딩 센터의 시스템에 심각한 오류가 있었고, 의식 이전이 중단되었다. 이로 인해 대형 사고가 발생했다.

전 세계 마인드 업로딩 시장을 양분하는 또 하나의 기업, 서클의 마인드 업로딩은 도시 정부와 계약을 맺고 거의 무료에 가까운 금액으로 제공되는 복지서비스다. 당장 값비싼 더미를 구매할 수 없는 이들은 이를 통해 의식을 서버에 저장해 두었다가 나중에라도 더미를 이용한 영생을 꿈꾸는 것이다.

지역마다 서클에서 운영하는 마인드 업로딩 센터가 있으며 일정 주기를 두고 한꺼번에 여러 사람을 대상으로 의식 이전을 시행한다. 한 번에 한 명씩만 서비스를 제공하는 이터널 라이프와는 다르다. 그래서 피해도 컸다. 무려 스무 명이나 목숨을 잃었다.

매우 충격적이며 안타까운 일이긴 하나 이건 범죄가 아닌 엄연한 사고가 아닌가? 왜 사건분석관에게 협조를 요청한단 말인가? 어쩌면 이 사건에 누군가의 실수가 있었고, 과실 여부를 판단하기 위함인지도 모른다고 생각했다.

나는 현장으로 출발했다. 사무실에서 그리 멀지 않은 곳이라 내가 도착했을 때는 아직 현장이 채 정리되지 않은 상황이었다. 그 때문에 아주 끔찍한 광경을 목격할 수밖에 없었다. 인간은 나 하나뿐, 안드로이드 경관들만 현장을 정리하고 있었다.

20구의 시신.

모두 하나같이 부패가 심각했다.

참으로 이상한 일이었다. 마인드 업로딩 시스템에 오류가 있었고, 그로 인해 발생한 사고라고 들었다. 흔치 않은 일이다. 분명 경고나 경보가 있었을 것이다. 그런데 어떻게 시신이 이렇게까지 부패해 있단 말인가?

이들은 사고로 죽은 것이다. 나의 감각이 감지하고 읽어 내는 것은 어떤 범죄의 흔적이 아닌 생생한 인간의 죽음 그 자체. 더미가 아닌, 피와 살과 뼈로 이뤄진 육신을 가진 인간이 자연의 섭리에 굴복해 맞게 되는 끔찍한 종말. 지독한 악취, 진득한, 검고 붉고 푸르스름한 것. 어느새 그 안에 움튼 작고 꿈틀거리는 불결한 것들까지.

이런 광경은 정말이지, 정말이지 처음이다. 나는 구토해야 한다. 내가 인간이라면 여기 발붙이고 있을 수 없다. 이곳에 안드로이드뿐인 이유가 바로 그것이다. 하지만 나는 아무렇지 않다. 그저 너무도 예민한 감각이 인간 집단의 죽음을 감지하고 또 감지할 뿐이다.

아, 아니다—. 괜찮지 않다. 그나마 내가 죽어간 이들과 동류란 증거일까? 스멀스멀 묘한 불안감이 치민다. 때마침 안드로이드 경관이 다가왔다.

"분석관님."

꾸벅 고개를 숙인다. 나는 가볍게 인사를 받는다.

"보기 드문 현장이네요."

"그렇습니다. 협조 요청을 받고 오신 겁니까?"

"네. 그런데 이게 대체 무슨 일이죠? 시신들 상태로 봐선 적어도 사나흘은 방치된 것 같은데."

"맞습니다. 좀 늦게 발견이 됐습니다."

그러고 보니 마음에 걸리는 것이 있다.

"그나저나, 이상하게 덥군요."

"시스템이 전체적으로 충돌을 일으키면서 공조 장치도 작동하지 않았습니다. 현재는 설정 온도보다 10도 이상 높은 상태입니다."

좋지 않은 느낌.

"지금 이곳 시신과 시스템의 분석 보고서를 전송하겠습니다. 협조 요청을 드린 이유는 거기에 있습니다."

안드로이드 경관이 말했다.

나는 경관이 전송한 보고서를 그 자리에서 검토했다. 그리 오래 걸리지 않아 결론을 내릴 수 있었다.

이건 사고가 아니다.

명백한, 집단살인 사건이다.

3

범인은 흔적을 남겼다. 그 흔적은 명백히 누군가의 의도였다. 서클의 보안을 뚫고 시스템에 침입해 변형된 코드를 심은 기록, 해킹의 흔적이었다.

도대체 누가, 왜 이런 짓을 했을까?

놀랍게도 현장에 방문한 날 저녁, 나는 적어도 '왜?'라는 물음에 대한 답은 들을 수 있었다. 해킹을 벌인 범인이 주요 언론사에 동시다발적으로 성명서를 발송한 것이다.

내용은 이랬다.

「삶과 죽음, 그리고 인간다움에 관하여」

더미가 아닌 인간의 육신을 한 여러분에게 묻습니다.

진정 영원한 삶을 누리길 바랍니까? 그렇다면, 그건 왜일까요? 왜, 영원한 삶을 누리고 싶습니까? 아마 죽음에서 도망치고 싶기 때문일 겁니다.

다시 묻습니다. 그럼 왜 죽음에서 도망치고 싶을까요? 왜 그토록 죽음이 두려울까요? 곰곰이 따져 보면 이해할 수 없는 일입니다. 무언가를 두려워하려면 그것에 관해 잘 알아야 합니다. 하지만 누구도 죽음을 알지 못합니다. 그걸 말할 수 있는 사람은, 이 세상에 존재할 수 없기 때문입니다. 그러므로 진정 두려운 것은, 죽음 그 자체가 아니라 거기에 이르는 과정, 예상되는 고통일 겁니다.

죽음이란 살아 있기에 느껴지는 고통, 고뇌의 종착지입니다.

시작이 있으면 끝이 있다는 것, 자명한 자연의 순환이 품은 진리입니다. 인생은 끝이 있기에 아름답습니다. 끝나지 않는 영화를 상상해 보십시오. 그것은 권태라는 또 다른 고통을 낳게 됩니다. 권태를 해소하기 위한 시도가 반복되고, 또다시 권태를 낳고, 그 시도는 인간을 타락시키며 그것은 다시 고통을 생산합니다. 결국 또 고통, 끝없는 고통의 반복.

영원한 삶이란 바로 그런 것입니다.

인류는 존재 영역을 확장하고 팽창해 왔습니다. 끝없이 그렇게 해 왔습니다. 마지막 전쟁과 대재앙 이후 세상은 어딜 돌아보아도 죽지 않는 인간뿐입니다. 죽음이 인간의 끝없는 질주에 안식처가 되어 주었으나 인간은 그 마지막 브레이크마저 파괴해 버린 것입니다. 질병과 노화, 인간이라면, 생명이라면 겪게 되는 그 자연스러운 과정을, 고통을 극복한다는 교묘한 말로 뒤바꿔 사실상 영원한 고통 속에 인간을 밀어 넣은 것이나 다름없습니다.

나는 죽음이 아닌 고통에 반대합니다. 그러므로 이 영원한 고통의 생산을 당장 멈추길 바랍니다.

한 가지 더 묻겠습니다.

이토록 끔찍한, 영원한 삶이 대체 누굴 위한 것일까요?

주변을 돌아보십시오. 눈을 크게 뜨고 세상을 보십시오.

누군가는 부자이고 누군가는 가난합니다. 누군가는 권력이 있고 누군가는 굴종합니다. 누군가는 온전한 정보를 점유하고 누군가는 완전히 무지합니다.

그렇습니다. 영원을 바라는 것은 아주 극소수의, 이 불평등한 구조의 고착을 꾀하는 자들, 힘 있고 권력 있는 자들뿐입니다.

그들은 오래전부터 교묘하게 인류와 세계를 움직이고 설계해 왔으며 현재 우리가 살아가는 이 시대는 그야말로 그들에겐 낙원이라 할 수 있습니다. 이들은 여기서 멈추지 않을 겁니다. 이들의 탐욕은 영원 그 너머의 무언가입니다. 참으로 끔찍하지 않습니까?

다시 묻습니다.

영원을 바라십니까?

그것은 누굴 위한 것입니까?

죽지 않는 인간을 인간이라 말할 수 있습니까?

인간다움이란, 삶 그리고 죽음에 있습니다. 나는 우리 인류가 인간으로서 살다가 죽길 바랍니다.

—아서와 프리드리히

경찰 본부의 요청에도 불구하고 몇몇 언론사에서 이 사건을 다루며 기습적으로 해킹범이 발송한 성명서를 공개했고, 커다란 파장을 일으켰다.

늘 그렇듯 대중의 반응은 반으로 갈렸다. 혹자는 열광했고, 누군가는 비난했다. 중요한 것은 누가 옳고 그른가가 아닌, 의견이 양분됨으로써 화제에 오른다는 것이다. 잔잔한 호수 위 파문처럼 누구도 문제 삼지 않는 것을 문제 삼는 일. 진짜 의도야 어떻든 '저항과 정의'라는 포장지는 꽤 매력적인 법이다. 급기야 이 정체 모를 작자의 추종자까지 생겨나기 시작했으니까.

나는 성명서를 보자마자 알 수 있었다. 허세로 가득한 유치한 문장들, 특히 옛 철학자의 이름을 들먹인 끝부분에 이르러선 코웃음

마저 나왔다. 영생이란 기업에서 제공하는 서비스의 하나일 뿐이다. 돈만 있으면 누구라도 영생할 수 있으며 그건 개인의 선택이다. 세상은 그러한 숱한 개인의 선택과 복잡한 구조 속에 얽히고설켜 양자적 확률에 의해 예측할 수 없는 방향으로 흘러간다. 단순히 누군가, 특정 집단이 원하는 방향으로 영원히 이끌어 갈 수 있는 것이 아니다. 케케묵은 이념서 한 페이지에나 등장할 법한 철지난 소리일 뿐이다. 거기다 희생당한 피해자들은 당장 영생하게 된 이들도 아니다. 복지 제도에 응해 의식을 서버에 업로드해 두려던 것뿐이다.

서클은 이터널 라이프보다 보안이 허술한 편이다. 단순히 좀 더 쉬운 쪽을 택한 것으로 보인다. 하지만 앞서 말했듯 대중이 열광하는 것은 진실이 아닌 새로운 자극이다. 잠자는 사고를 깨워 주는 소음. 그저 소음일 뿐이지만, 잠에서 깨어나게 했다는 이유만으로도 의미가 생기는 그런 것들.

아서와 프리드리히, 아마도 어린아이일 것이다. 아직 사춘기, 인간과 사회에 관해 막 알아 가는 단계의 어린아이. 하지만 이터널 라이프만 못하다지만 아주 강력한 축에 속하는 서클의 보안 시스템을 무력화시키고 해킹에 성공했으며 어리광이라 한들 제 주장에 대한 논리를 저렇게까지 구체화할 수 있다는 것만으로도 평범한 아이라 볼 수 없다.

무엇보다 중요한 사실은 해킹의 결과가 타인의 죽음으로 이어질 걸 알고 있었음이 분명하다는 것, 그건 어떤 이상과 가치로도 변명할 수 없는 중범죄이며 반드시 그에 상응하는 처벌을 받아야 한다.

나는 곧바로 조사에 착수했다.

단순한 절도 사건보다 쉽게 풀리기도 하는 사건이 있다. 개인정보의 보호가 언제나 최우선이지만 예외가 되는 분야, 해킹 사건이다. 거의 모든 인간의 활동이 온라인 네트워크에서 이뤄지는 이상, 해킹은 사회적 신뢰의 근간을 흔들 수 있는 행위이기에 무거운 범죄로 치부된다. 거기다 이번 사건은 많은 이들의 사망으로 이어진 심각한 중범죄다. 사건분석관에게는 해킹에 관련한 네트워크상의 모든 정보가 공개되는 것이 원칙이다.

대개 해킹의 흔적을 역추적하면 꼬리가 잡힌다. 강력한 보안 시스템을 뚫었다 하더라도 그 흔적을 모두 지우는 것은 또 다른 문제다. 따라서 얼마나 자신의 발자국을 지울 수 있는가? 그것이 해커의 실력을 가늠하는 가장 중요한 기준이 된다. 어쭙잖은 해커라면 5분도 걸리지 않아 덜미가 잡힐 것이다.

나는 이 사건에 유난히 매달리고 있었다. 무엇보다 범인을 꼭 잡아서 확인하고 싶었다. 나는 이것이 실수이길 바랐다. 모든 것이 우연이며 어쩌다 일이 커져 버렸다는 변명이라도 듣고 싶었다. 그렇지 않다면, 이건 인간이 아닌 진정 악귀의 심장을 가진 자의 짓일 테니까.

이 해킹으로 의식 이동이 중단돼 스무 명이나 되는 사람이 목숨을 잃었다. 문제는 그다음이다. 성명을 발표하기 전까지 이런 사실이 새어 나가지 않도록 했다. 그러기 위해 센터의 경보 시스템, 비상용 네트워크와 피해자들의 개인 통신망까지 해킹해서 통제하고 공조 장치까지 조작했다. 그리고 굳이 그렇게 번거로운 일을 한 이유는 믿기 어렵지만, 현재로서는 시신을 썩게 만들기 위한 것으로 보인다.

4

수사는 예상과 달리 지지부진했다. 모든 경우의 수를 역추적했지만 해커가 남긴 흔적을 찾을 길이 없었다. 이렇게 완벽에 가깝도록 흔적을 지울 수 있는 해커는 흔치 않다.

나는 수사 방향을 살짝 틀어 해킹 전과자, 유명 해커를 중심으로 조사를 시작했다. 용의자를 찾는 동시에 범인이 쓴 해킹법에 대한 자문을 구하기 위함이었다. 생각보다 어렵지 않게 유명 해커들을 직접 만나 볼 수 있었다. 물론 사건분석관인 나를 만나고 싶어서가 아니라 서클의 시스템을 완벽하게 통제한 해커에 대한 호기심 때문에 순순히 만남에 응했다.

그중엔 2년 전 중앙은행의 보안을 뚫어 유명해진 해커 로메인도 있었다. 얘기만 들었지 직접 만난 건 나도 처음이었다. 큰 덩치에 수염이 덥수룩한 그는 만나자마자 툭 내뱉듯 말했다.

"시스템 로그부터 좀 볼까?"

나는 서클의 주요 시스템 로그를 보여 주었다. 로메인이 잠시 훑어보더니 말했다.

"난 당최 이걸 왜 못 잡겠다는 건지 이해가 안 가는데."

"그렇습니까?"

"좀 더 재미있는 걸 말해 줄까?"

"뭐죠?"

"이건 말이지. 해커가 코드를 심은 게 아니라 그냥 시스템 전체를 갈아치운 거야."

"네?"

"처음부터 끝까지 아주 재설계한 수준의 침입이라고. 아예 집을 부수고 새로 지은 거지. 하긴 그러니 못 잡았겠지. 해킹의 흔적만 찾으려고 했겠지? 나무가 아니라 숲을 봐야 하는 거라고."

"어떻게 그걸 보자마자 아셨죠?"

로메인이 피식 웃더니 말했다.

"서클의 보안 시스템을 설계할 때 참여했으니까 알지. 내가 2년 전 그 큰일을 벌이고 어떻게 중형을 피했는지 몰라?"
그렇다. 로메인은 형량을 줄이는 대가로 주요 공공기관과 기업의 보안을 자문하고 설계했다. 그제야 왜 로메인 같은 자가 덜컥 나를 만나겠다고 했는지 알 수 있었다. 자신이 설계한 보안을 뚫은 자가 누군지 궁금했던 것이다.
"그렇군요."
"어쨌든 대단하긴 하네. 이건 혼자 한 일이라고 볼 수 없어. 서클 내부에도 조력자가 있을 거야. 그리고 그 성명서."
"네."
"거기에도 코드가 숨겨져 있던데?"
"그렇습니까?"
"내가 뭣 때문에 당신 같은 흡혈귀를 만나자고 했겠어? 원하는 게 있으니 그렇지."
내 심기를 건드리고 싶은 모양이지만 나는 아무렇지 않았다.
"원하는 게 뭡니까?"
나는 잠시 생각하다 물었다.
"당신의 권한이지. 저 해커가 남긴 코드를 시험해 보고 싶어. 이 해킹 사건과 관련된 사안은 사건분석관에게만큼은 전부 공개되는 게 원칙이잖아?"
"그렇습니다만."

"서클의 데이터베이스도 거기 포함되는 거, 맞지?"

"네."

"바로 거기에 저 코드를 적용해 보고 싶어. 어디에 들어맞을지 알 것 같거든."

"안 됩니다."

"그럴 줄 알았어. 저 코드가 뭘 의미하는지 알고 싶지 않아? 범인에 대한 실마리가 나올지도 모르는데? 뭐 거절해도 좋아. 난 그냥 순수한 호기심에서 제안하는 거니까. 내가 서클의 데이터베이스에서 얻을 게 뭐가 있겠어?"

나는 고민하지 않을 수 없었다. 로메인의 말이 사실이라는 보장도 없다. 단순히 나를 이용하려는 속셈인지도 모른다. 어쨌거나 이 작자도 전과자다. 하지만 서클의 데이터베이스로 그가 얻을 수 있는 게 없다는 말도 맞는 말이긴 하다. 그곳엔 그저 지금까지 서클을 이용한 사람들의 기록이 남아 있을 뿐이다.

"접속은 저만 가능합니다."

"그러니까 내가 코드를 입력하는 방법을 알려 줄게. 해 보고 그 결과만 알려 주면 돼. 이 정도도 못 해 줘?"

손해 볼 것 없는 제안이다. 오히려 내가 모르는 사실을 알려 준 것에 감사해야 할지도.

나는 좀 더 고민해 보았지만, 어차피 답은 나와 있었다.

"제안을 수락하겠습니다."

5

로메인이 알려 준 대로 나는 서클의 보안 서버에 접속한 뒤 코드를 입력했다. 처음에는 아무 일도 일어나지 않는 듯했으나 이내 작은 포털이 하나 생성됐다. 그 포털을 통해 나는 완전히 새로운 데이터베이스에 접속할 수 있었다. 저장된 모든 데이터가 1급 비밀로 지정된 곳. 대체 서클에서 왜 이런 비밀스러운 데이터베이스를 보유하고 있는 거지?

당황스러웠다. 하지만 그것도 잠시 이내 뭔가 잘못됐다는 걸 느꼈다. 아차 싶었다. 내가 접속한 경로를 타고 데이터가 역으로 이동하고 있었다. 누군가 이곳의 정보를 빼내고 있었다. 누구지? 이 코드를 심은 자?

설마, 로메인?

나는 곧바로 접속을 종료한 뒤, 로메인의 거주지로 달려갔다. 앞뒤 가릴 시간이 없었다. 굳게 잠긴 문을 부숴 버린 뒤 안으로 들어갔다. 나는 평소보다 매우 불길한 예감에 사로잡혀 있었다.

거실엔 아무도 없었다. 정면에 굳게 닫힌 방문이 보였다. 벌컥 문을 열자마자 나는 놀라지 않을 수 없었다.

로메인이 의자에 얌전히 앉아 있었다.

숨이 끊어진 채로.

더미를 쓰지 않은 순수한 인간의 육체, 코와 귀에서 흘러나온 다량의 피. 유독성 화학반응 감지. 회생 불가능.

수많은 디스플레이가 벽면을 그득하게 채운 가운데 단 하나의 디스플레이만 밝게 빛을 내고 있었다. 거기에 의미를 알 수 없는 소스 코드가 남겨져 있었다. 나는 일단 급한 대로 주노에게 코드를 전송해 분석을 의뢰했다. 주노는 곧바로 결과물을 보내 주겠다고 답해 왔다.

아직 끝난 것이 아니다. 서클의 알 수 없는, 1급 비밀로 가득한 데이터베이스. 그곳에서 정보를 빼낸 흔적은 추적이 가능할 것 같았다. 그게 누구든 이제 독 안에 든 쥐다. 로메인을 살해한 자 역시 동일 인물일지도. 아서와 프리드리히.

그때 문 쪽에서 기척이 느껴졌다. 조그만 아이 하나가 충격으로 굳어진 얼굴을 한 채 서 있었다.

"아빠?"

로메인의 아들?

나는 얼른 의자를 돌려 시신이 보이지 않도록 했다.

"난 사건분석관이다."

아이는 반응하지 않았다.

"일단 나가자."

나는 멍하니 선 아이의 손을 잡고 거실로 나갔다. 우선 소파에 아이를 앉히고 주방에서 물을 떠 가지고 갔다.

"좀 마시렴."

아이는 테이블에 놓인 물잔을 물끄러미 바라만 봤다.

"네가 로메인의 아들이구나?"

"로메인?"

로메인은 일종의 별명, 코드 네임이다. 본명은 따로 있다.

"그래. 네 아버지 말이야."

"아… 네."

"자다 깬 거니?"

"네. 뭐가 부서지는 소리가 나서 깼는데…."

아이는 부서진 문 쪽을 바라봤다.

"그건, 미안하게 됐다. 이젠 안심해도 된다. 무슨 일이 생긴 것 같아서 출동한 거란다."

나는 손목의 사건분석관 표식을 보여 주었다. 아이는 여전히 멍한 얼굴이었다. 충격이 컸을 것이다. 아이가 파르르 입술을 떨며 입을 열었다.

"저기요."

Cover

Loading...
Hacking s
Project s
Ppf 1228246472
Located.d.dh.27

"그래."

"아빠, 아빠요… 아빠는…."

아이는 말을 잇지 못하고 고개를 푹 수그렸다. 아랫입술을 꽉 무는 것이 보였다.

"내가 좀 늦었다. 미안하다."

아이는 말없이 어깨를 들썩이며 울먹였다. 이런 순간에 사건분석관이 무얼 할 수 있을까? 아비를 잃은 자식을 두고 할 수 있는 말이 무얼까? 그대로 잠시 아이를 울게 두었다. 좀 진정된 듯 아이가 다시 고개를 들었다. 눈물이 흐른 자국이 그대로 볼에 남아 있었다. 나는 위로의 말이 아니라 내게 필요한 질문을 했다.

"아버지가 누구와 연락하거나 하지는 않았니?"

"네."

"아버지랑 이야기한 건 없었어? 뭐 좀 평소와 다른 말을 한다든지 그런 건?"

"전혀요."

"그렇구나."

아이는 테이블의 물잔을 들더니 입으로 가져갔다. 나는 그 모습을 지켜보았다. 그사이 주노가 소스 코드 분석이 끝났다며 결과를 보내 주었다. 아이는 물잔을 내려놓고 입술을 훔치더니 말했다.

"저기, 그만 가 주시겠어요? 구급차를 불러 줄 게 아니면요."

"잠깐만."

나는 아직 자리를 뜰 수 없었다.

"네?"

"질문이 하나 남았다."

"뭐죠?"

"시신이 부패하도록 한 건 실수였나?"

"네?"

"대답해라."

아이는 재미있다는 듯 나를 바라보았다. 슬픈 기운은 완전히 사라지고 없었다. 그 순간 확신할 수 있었다. 나는 아이의 눈을 쏘아보며 말했다.

"아서와 프리드리히."

6

녀석은 소파에 등을 푹 파묻더니 옅은 미소를 띠며 말했다.

"역시 사건분석관은 대단해. 어떻게 아셨어요?"

"막 암호를 풀었다."

"암호?"

“네 아버지. 아니 그건 당연히 거짓말이겠지. 로메인이 남긴 코드. 거기에 진실이 담겨 있더군.”

“아, 그게 암호였어요? 아니 애초에 그게 소스 코드였어요? 하— 그건 나도 몰랐네. 헤헤.”

천진한 듯 웃지만, 아무런 감정이 느껴지지 않는다. 아까 눈물을 쥐어짜며 고갤 숙인 것도 표정을 숨기기 위해서였을 것이다.

“그래. 지금은 쓰이지 않는 오래된 코드지.”

“대단하네. 로메인 같은 노인네야 그렇다 치고 분석관님 정말 대단하네요. 심지어 거기 숨겨진 암호까지 풀어요? 이렇게 짧은 시간에? 와! 역시! 아니면 혹시 누가 도와줬나?”

“로메인도 네가 죽였군.”

“어라? 그건 어떻게 확신하시죠?”

“네 손끝에서 풍기는 미세한 화학약품 냄새. 무엇보다 로메인이란 이름을 말할 때 네게서 작지만 미세한 동요가 느껴진다. 그건 살인자에게서만 느껴지는 것이지.”

“캬아! 진짜 최고다. 그런 능력, 그런 감각을 가지고 살면 어떤 기분이에요? 진짜 흡혈귀라도 된 기분이려나?”

나는 녀석의 말 따위는 무시했다. 녀석은 계속 떠들어 댔다.

“맞아요. 죽였어요. 어차피 아빠도 아니고 그냥 몇 가지 기술을 가르쳐 준 정돈데, 문제는 도무지 날 인정하질 않는단 말이에요. 저

작자가… 지금까지 이런 사람은 처음 봤거든요. 저더러 천재라고 하지 않은 사람도 처음이고."

"인정? 천재?"

"솔직히 2년 전에 저 작자가 벌인 일도 내 도움 아니었으면 못했을걸요?"

"중앙은행 해킹 말이냐?"

"네."

"지금부터 네가 하는 말은 전부 법적으로 문제가 될 수 있다. 네 앞에 앉은 사람이 누군지 기억해라."

녀석은 전혀 동요하지 않고 말했다.

"알다마다요. 이번에 저 작자가 직접 설계한 서클의 보안을 뚫은 것도 도무지 믿질 않더라고요. 그래서 전부터 한번 열어 보고 싶다던 데이터베이스도 접속할 수 있게 해 줬죠."

"그럼 날 만나게 한 것도?"

"제 계획이었죠. 처음부터 끝까지 다 제 손바닥 위에 있었다고요. 당신이 이렇게 불쑥 나타나기 전까지는 말이죠."

어린아이가 할 수 있는 말들이 아니었다. 이 아이는 대체 어떤 삶을 살아온 걸까? 평범한 아이로 살아갈 수 없을 만큼 뒤틀린 관계와 경험으로 가득한 걸까? 사람에 대한 트라우마 같은 것이라도 있었을까? 와중에 측은하단 생각이 든다. 물론 금세 사라지긴 했지만.

"요즘 사건분석관들은 다 이렇게 막무가내인가요? 현관문을 부수고 들어올 줄은 몰랐네요. 예상외였어요."

하긴 평소와 달리 절차를 무시하고 서둘렀다. 알 수 없는 오싹한 느낌에 본능적으로 움직였다. 그러지 않았다면 아마 이 녀석을 놓쳤을 것이다. 이 또한 사건분석관의 예민한 감각이었을까? 뭐든 좋다. 중요한 건 더 큰 범죄를 저지를지도 모를 위험인물을 붙잡았다는 것이다.

"그 성명서는 네가 직접 쓴 거냐?"

"네."

"꾸며 내느라 애썼겠구나."

내 말에 녀석의 눈빛이 묘하게 흔들렸다.

"애쓰긴요. 적어도 거기 있는 내용은 진심이니까 함부로 말하지 말아 주실래요?"

"진심? 그 진심 때문에 스무 명이나 사람을 죽게 했나?"

"적어도 고통스럽게 죽지는 않았겠죠."

"죽일 의도는 있었다는 의미군."

"이게 말로만 듣던 유도신문인가요?"

"네 입이 가벼운 거지. 넌 합당한 처벌을 받게 될 거야."

녀석이 피식 웃었다.

"과연 그럴까요? 제가 사형이라도 당할까요? 아니면 무기징역?

아, 아직 제가 몇 살인지 모르시죠?"

아차 싶다는 생각이 든다.

"저 이제 열 살이에요. 심지어 전과도 없죠."

잠시 정적이 흘렀다. 내가 먼저 입을 열었다.

"마지막으로 묻자."

"얼마든지요."

"첫 질문에 넌 대답하지 않았어. 시신을 부패하게 한 건 실수였냐?"

"분석관님."

"대답해라."

"전 실수 같은 거 안 해요."

"왜 그랬냐. 왜 그런 짓을 했지?"

녀석이 씩 웃었다.

"재미있잖아요."

나는 더는 대화가 불필요하다고 판단했다. 나와 동류가 아니다. 나는 단번에 알 수 있었다. 이 소년이 일반적인 상궤에서 벗어난 존재라는 사실을.

"그래. 너에게 합당한 처벌이 가해지진 않을 것이다."

녀석의 입가에 비릿한 미소가 감돈다. 순간 치미는 뿌리 깊은 혐오감, 당장 이 소년을 없애 버리고 싶다는 강렬한 충동이 온몸으로 전해진다.

나는 곧바로 자리에서 벌떡 일어나 녀석을 내려다보며 쏘아붙였다.

"넌 지구에서 살 수 없게 될 거다. 내가 그렇게 만들 테니까."

그제야 녀석의 표정이 살짝 굳어지는 걸 볼 수 있었다.

구속할 필요는 없었다. 아직 어린아이였고, 반항도 전혀 하지 않았으니까. 나는 그렇게 아서와 프리드리히를 체포했다.

7

소년은 모든 범죄를 인정했다. 재판이 진행되는 와중에도 툭하면 진정한 인간의 삶과 죽음에 관해 부르짖었고, 이에 호응하는 이들도 여전했다. 여러 가지 검사가 진행됐는데, 정신 검증에서는 약간의 집중력 장애를 제외하면 정신적인 문제는 없었다. 지능 검사에서는 사상 최고의 지능지수를 기록했다. 이 사실이 알려지자 소년을 천재 해커라 칭송하는 자들까지 생겼다. 그래 봐야 범법자일 뿐이지만.

사법부의 판단은 나의 예상을 벗어나지 않았다. 소년은 고작 10년형을 선고받았다. 대지진 이후 발생한 소년범 사건 중 최고형이 판결된 셈이지만, 사건분석관인 나의 분석과 견해에 따라 소년은 화성의 교도소로 보내졌다. 지구의 교도소보다 좀 더 자유가 보장된다지만 격리의 효과만큼은 확실했다. 멀다는 말로는 부족할 정도인 데다, 아직은 범죄를 일으킬 만한 사회조차 형성되지 않은 곳이니까.

그래도 나는 끝까지 찜찜했다. 이 소년은 뭔가 다르다. 단순히 비정상적으로 높은 지능, 공감력 결여, 인격장애라는 말로는 설명되지 않는 무언가가 있었다. 이게 끝이 아닐 거라는, 불길한 예감이 사라지지 않았다. 그리고 그것이 단순한 착각은 아니었다는 것이 바로 오늘 밝혀졌다.

그렇다. 화성에서 폭동을 일으킨 자, 다름 아닌 올해로 열다섯 살이 된 아서와 프리드리히였다.

화성개발이 완료되려면 시간이 한참 더 남았지만, 화성에 가는 건 그리 어렵지 않다. 지구에서 우주 엘리베이터를 이용해 달 정거장까지 간 다음, 수송선을 타고 3시간이면 화성 정거장에 도착한다.

나는 그렇게 화성에서 형기의 절반을 채운 소년과 재회하게 됐다. 꽤 많이 자랐지만, 또래보다는 앳된 느낌이었다. 무엇보다 무언가 나의 내면을 자극하는 비릿한 미소는 여전했다.

이번에도 소년은 궤변을 늘어놓았다. 화성 개척과 인구 팽창에 대한 반대를 부르짖으며 또다시 철학자 행세를 하려 들었다. 심지어 내게 하는 말이 아니라 제삼자, 바깥의 언론을 향해 던지는 메시지였다.

소년은 5년 전과 전혀 달라지지 않았다. 아무런 정신적, 도덕적 성장도, 교화도 없었다. 화성의 교도소에서 출소한 이들의 재범률이 지구의 여타 교도소의 범죄자들보다 현저히 낮음에도 이 녀석만은 예외였다. 나는 녀석이 떠들어 대는 이야기에 놀아나지 않기로 했다. 내게 필요한 대답만 들으면 그만이다. 중요한 질문이 하나 남았다.

"안드로이드 교도관은 어떻게 된 거지? 진짜 해킹이라도 한 거냐?"

"맞아요."

믿을 수 없다. 화성의 교도소 같은 곳에 갇힌 상태에서 쉽게 벌일 수 있는 일이 아니다. 지금까지 안드로이드 해킹이 성공했다는 말은 들은 적이 없다.

"조사 결과, 안드로이드 교도관들은 어떤 목적 없이 폭력적인 행동을 했을 뿐이다. 네가 무슨 수를 썼는지는 아직 모르지만, 네 의지대로 움직였다고 보기는 힘들어. 해킹보다는 어떤 식으로든 고장을 내 폭주하게 만든 것뿐, 아니냐?"

녀석은 헤헤 웃더니 말했다.

"역시 예리하셔. 그렇죠— 뭐. 여기서는 그게 한계예요."

"그것도 쉽진 않았을 텐데, 널 도와준 사람이 있겠지. 그게 누구냐?"

녀석이 입가에 웃음기를 싹 지우더니 말했다.

"무시하지 마세요. 이 정돈 나 혼자서도 얼마든지 가능하니까."

"정말이냐?"

"알아보시든지요."

그나마 다행이다. 엄밀히 말해 이번 사건을 안드로이드 해킹이라고 단정할 수는 없다는 것. 제작사 측에서 추가 조사 결과를 알려줄 것이다. 나는 곧바로 자리에서 일어섰다. 녀석의 위험성 평가는 이미 한참 전에 끝났다.

"분석관님, 뭐가 그렇게 급하세요. 이제부터가 본론인데?"

"그렇게 떠들고, 할 말이 더 남았나?"

"혹시 뭔가 헛것을 보거나 이상한 느낌을 받은 적 없으세요? 갑자기 불안하다든가. 일종의 뭐랄까… 더미 블루처럼?"

이 녀석이 어떻게 그걸? 주노 외엔 아무도 모를 텐데? 주노의 입에서 그 사실이 샜을 리는 없다.

순간적으로 동요한 나의 표정 변화를 읽은 듯했다. 녀석의 입이 가로로 쭉 째지는가 싶더니 이죽거리며 말했다.

"그럴 줄 알았어. 알고 싶지 않으세요?"

"뭘?"

"사건분석관. 초인적인 존재들! 이 시대의 영웅! 혹은 흡혈귀? 어떻게 탄생하게 된 걸까요? 그리고 그 결함! 궁금하지 않으세요? 분석관님의 과거요. 진짜 과거."

"내가 네 말에 휘둘릴 것 같으냐?"

"그야 알아서 하실 일이고요. 서클에서 보셨죠? 1급 비밀 데이터베이스. 아 글쎄 분석관님에 대한 자료도 거기 있더라고요. 제가 어쩌다 그걸 또 보게 됐는데, 참— 로메인은 죽어서도 절 돕네요."

내가 묵묵부답이자 녀석이 다시 입을 열었다.

"제 위험성 평가를 한 단계만 낮춰 주시면, 분석관님의 비밀을 알려 드릴게요. 이거 진짜 재미있는 내용인데, 어때요? 괜찮은 거래 아닌가요?"

이번엔 내가 비웃어 줄 차례다.

"그래 그러도록 하지. 그럼 어디 그 대단한 비밀부터 말해 보시지."

"에이, 그런 법이 어디 있어요? 일단 평가가 끝나고 제가 화성에서 지구로 이감되면 그때 알려 드리는 것으로 하죠. 어차피 전 계속 갇혀 있을 테니까 직접 만나러 오셔도 되고요."

"당장 말하지 못할 거라면 관두지. 대화 재미있었다."

녀석은 전혀 당황하지 않고 예의 기분 나쁜 미소를 지으며 내뱉

듯 말했다.

"분석관님은 스스로를 인간이라고 생각하세요?"

나는 아무 말 없이 그대로 돌아섰다. 등 뒤로 녀석의 목소리가 들렸다.

"또 봐요."

나는 낮게 깔리는 녀석의 웃음소리를 들으며 취조실을 나왔다. 그리고 곧바로 녀석의 위험 등급을 특별관리 등급으로 조정했다. 사회에서 영원한 격리가 필요하다는 의견도 첨부했다.

이 소년은 너무 위험하다.

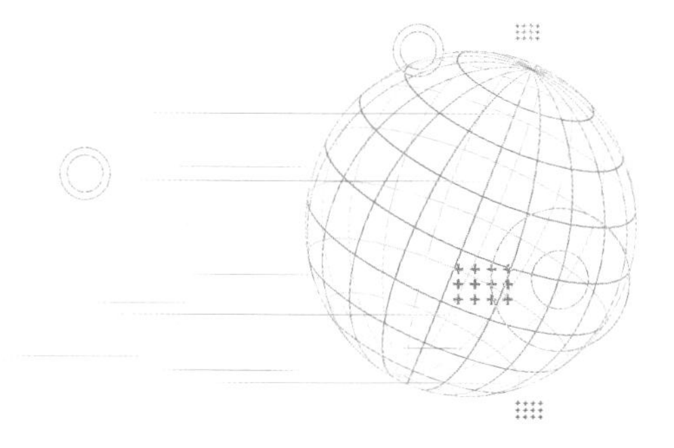

안드로이드 해방 전선

1

화성에서 돌아온 이후, 몇 번인가 악몽을 꾸었다. 꿈속의 나는 더미 블루에 시달리며 괴로워했다. 악몽이라니. 처음인가? 아니 기억은 잘 나지 않지만 언젠가 악몽을 꾼 적이 있었던 것 같긴 하다.

아무튼, 이런 생소한 느낌은 처음이었다. 누군가와 다시는 마주치고 싶지 않다는 것. 그 소년을 보는 건 이게 마지막이길 빈다. 첫 만남에서와 마찬가지로 이번에도 그랬다. 그 녀석을 만나면 단순히 기분 나쁜 것 이상의 좋지 않은 예감에 휩싸인다. 나 자신을 어찌할 수 없는 행동을 해 버릴 것만 같은 불안감에 빠져든다. 그러니까 예컨대, 그 녀석을 때려죽인다든지.

그렇다.

나는 단 몇 마디 대화에서 살의를 느꼈다. 그것도 이제 막 열다섯 살이 된 소년에게. 녀석은 끝없이 나를 자극하는 화학물질 따위를 내뿜는 것만 같다. 누구에게도 이런 감정을 느낀 적이 없다.

그뿐만 아니라 녀석이 마지막으로 떠들어 댄 이야기가 머릿속을 헤집어 놓았다. 녀석이 내뱉는 말 대부분이 허무맹랑한 말이라는 걸 알면서도 신경이 쓰인다. 서클의 비밀 데이터베이스는 내 눈으로 직접 보기도 했으니까. 그래서 악몽을 꾸는 것 같기도 하지만 그 덕에 적어도 녀석의 마지막 물음엔 자신 있게 답할 수 있을 것 같다.

나는 인간이다. 제아무리 강한 힘과 감각, 특별한 양자 두뇌를 가지고 있다 한들 몇 마디 말에 고뇌하고 고통받는 것이 그 증거다.

잊자, 잊어버리자. 일에 집중하다 보면 자연스럽게 잊힐 것이다.

마침 새로운 사건이 발생했다. 아침 일찍 에반에게서 연락이 왔다. 실종 사건. 남편이 사라졌다는 아내의 신고.

"회사에서 집으로 돌아오지 않았다고 합니다."

"시간은 얼마나 지났습니까?"

"현재 시각 기준 52시간이 지났습니다. 물론 여전히 연락 두절 상태고요."

"좋습니다. 제가 직접 신고자를 만나 보죠."

"지원은 필요 없으십니까?"

"네. 혼자서 갑니다."

"그렇게 보고하겠습니다."

나는 연락을 끊고 곧바로 신고자의 주소지로 향했다.

2

별일 아닐 터였다. 대개 이런 실종 신고는 단순 가출이거나 더미 블루로 인한 잠적이다. 전자는 직계 가족의 승낙을 받아 개인정보 열람이 가능하게 되면 몇 시간 내에 찾을 수 있다. 후자의 경우도 MTD에서 치료를 받으면 얼마 안 가 집으로 돌아오게 되어 있다. 보통은 이 범주 안에 있다. 하지만 이번 사건의 경우 가출 시간이 48시간이 넘었다. 우울증으로 인한 자살이 의심되기도 한다. 비극적인 일이지만 이 경우도 그렇게 어려운 사건이라고 볼 수는 없다. 나는 큰 걱정 없이 신고자의 집에 도착했다.

남편의 실종 신고를 한 아내는 근심이 그득한 얼굴로 나를 맞았다. 나를 보자마자 묻기도 전에 말을 쏟아 냈다.

"대체 왜 이제야 온 거죠? 사건분석관을 보내 달라고 내가 몇 번이나 요청했는데 계속 안드로이드 경관만 보내질 않나! 왜 일을 이런 식으로 하는 거죠?"

"죄송합니다. 좀 늦어졌습니다."

이럴 땐 변명보다는 사과가 상황 정리에 좋다. 역시 금세 누그러지기에 곧바로 물었다.

"사건의 경위를…."

그녀는 내 말을 자르고 재차 말을 쏟아 냈다.

"올 시간인데 안 와서 회사에 전화했더니 아 글쎄 퇴근한 지 한참 지났다고 그러더라고요. 그래서 여기저기 연락을 해 봤는데 아무도 모른다고 하는 거예요. 회사에도 가 봤는데 마찬가지고요. 우선 기다렸죠. 기다렸는데 아시다시피 그냥 3일이 지나 버렸어요. 당장 내일이 우리 결혼기념일 여행인데! 다 망쳐 버렸어요. 내가 직접 찾아보느라고 돌아다니다가 주차장에 갔는데, 아 글쎄 차는 또 돌아와 있지 뭐예요! 자가용으로 출퇴근을 하거든요."

"차만 돌아와 있었다는 거군요."

"네. 트렁크며 바닥이며 샅샅이 뒤져 봤는데, 사람은 없어요!"

"그날도 자가용을 가지고 출근했다는 거죠?"

"맞아요."

"그럼 돌아온 뒤 혹은 퇴근하던 도중에 어디론가 사라졌을 가능성이 크다는 말도 되겠네요."

"네네, 그런 거 같아요."

"좋습니다. 당장 조사에 착수하겠습니다."

"분석관님이 직접 하는 거죠?"

"네."

"안드로이드 시키지 말고 직접 하세요. 아시겠죠?"

"걱정하지 않으셔도 됩니다. 지금부터 공식적으로 제가 이 사건을 전담하겠습니다."

나는 그녀가 보는 앞에서 경찰 본부와 연락해 직접 사건을 맡는다는 걸 확인시켜 줘야 했다. 그다음 몇 가지 상투적인 질문과 답이 오가고 실종된 남편의 개인정보 열람 및 추적에 관한 동의를 구한 뒤 그녀의 집을 나설 수 있었다.

3

사건분석관이 실종 신고자를 직접 만나는 이유는 자세한 경위나 결정적 증언 따위를 듣기 위해서만은 아니다. 특유의 예민한 감각으로 신고자에게 수상한 낌새가 없는지 파악하려는 것이다. 무엇보다 통상적인 실종 이상의 어떤 강력 사건이 벌어진 거라면, 특히 이번처럼 남편의 실종을 아내가 신고한 경우엔 더욱.

이번 신고자의 경우 그리 수상한 점은 발견할 수 없었고, 거짓말도 감지할 수 없었다. 주변 조사와 집 안을 둘러본 결과도 마찬가지다. 부부는 특별한 불화나 다툼 없이 잘 지내고 있었다. 그러나 남편은 여전히 연락 두절 상태. 따라서 나는 이 사건을 예외적인 실종 사건으로 규정하고 좀 더 높은 단계의 정보공개 권한을 요청했다.

다행히 요청이 수락됐고 나는 여자의 남편이 사라진 날, 퇴근 후 회사에서부터 집에 이르는 감시카메라 영상을 전부 확보할 수 있었다.

실종 당일 퇴근 후 실종자가 차에 올라타는 모습은 확인 가능했다. 이후 차는 주인을 잃은 채 홀로 주차장으로 들어왔다. 즉 퇴근하던 도중에 무슨 일이 생겼다는 뜻이다. 내부를 촬영한 블랙박스는 작동이 중단된 상태였고, 운전자 없이 자율주행으로 목적지까지 운행한 것으로 보아 차량 제어용 보안 토큰이 외부로 유출됐으며 그를 이용한 조작이 이뤄진 것으로 추정됐다. 엔지니어나 해커가 개입했다는 의미다.

회사에서 집까지 다섯 개 구역을 통과하는 영상을 모두 검토한 결과 세 번째 구역까지는 실종자가 차에 타고 있는 모습을 확인할 수 있었으나 네 번째 구역 초입부터 운전석이 비어 있었다. 사생활 보호 기능이 작동해 카메라의 화각과 빛이 유리창에 어떻게 반사되느냐에 따라 내부가 살짝 드러날 때도 있고 완전히 가려질 때도 있어 구역마다 정확하게는 확인이 어려웠다.

함께 영상을 검토하던 에반이 혀를 차며 말했다.

"우리가 뭔가 놓친 게 분명하네요. 네 번째 구역 초입부터 사람이 없으니까 세 번째 구역에서 일이 벌어진 게 분명한데."

"그러게요."

"실종자의 자가용은요?"

"감식반에 맡겼어요."

"그렇군요. 세 번째 구역 영상을 다시 한번 볼까요?"

나와 에반은 다시 영상을 검토하기 시작했다.

자동차는 도로를 부드럽게 달리고 있다. 첫 번째 코너를 돌아 유리로 된 건물 벽면에 운전석에 앉은 실종자가 비친다. 코너를 빠져나온 차는 원형 교차로를 돈다. 다음은 길게 뻗은 직선도로. 체증이 없는 도로를 시원하게 달린다. 다시 코너, 직선, 사각을 빠져나온 뒤 코너, 직선. 그다음 차는 거대한 건물 사이로 뻗은 비좁고 어두운 골목의 일방통행로로 접어든다. 금세 골목을 나와 큰길로 들어선 차 안에 강한 직사광선이 비치며 실종자가 타고 있는 모습이 명확히 드러난 뒤, 차는 곧 네 번째 구역으로 들어간다. 이 지점에서 운전자는 사라지고 없다.

두 번, 세 번째 확인에도 아무런 특이사항을 발견할 수 없었다. 그리고 또 재생한 영상. 에반은 작게 하품을 했다.

원형 교차로, 직선, 코너, 골목, 큰길.

"잠시만요."

"네?"

"이 부분 다시 봅시다."

"어디죠?"

"코너 나와서 골목."

에반이 영상을 다시 재생했다.

"골목 부분만 다시. 아니 그 뒷부분까지요."

에반이 나의 지시에 따라 영상을 곧바로 편집해서 반복 재생했다.

"역시 이럴 줄 알았어."

"무슨 말씀이신지?"

"미세한 시차와 왜곡이 있어요."

"네? 그런가요?"

"차가 움직이는 것과 주변 풍경이 조금 달라요. 이거 아무래도 합성된 영상 같습니다. 다음 장면에 실종자가 타고 있는 것까지 다요. 저 골목 안에서 사라진 게 분명해요."

"저는 아무리 봐도 모르겠는데."

"확실해요."

"대단하시네요. 저도 눈은 굉장히 좋은 축에 속하는데."

하긴 에반은 안드로이드니까 평범한 인간보다는 시각이 월등하다.

"아무래도 저 골목 안에서 일이 벌어지긴 한 모양이군요."

내 말에 에반이 뭔가 떠오른 듯 말했다.

"가출이나 단순 잠적이 아니라면 삭제일 가능성도 있을 것 같은데요?"

삭제. 스스로 자신의 존재를 지우는 것이다. 자살과는 다르다. 삭제를 시도한 인간은 살아 있다. 다만 모든 관계와 네트워크를 단절한 채 누구도 알 수 없는 곳으로 사라져 사회적으로 존재를 지우는 것뿐. 이 시대 최고의 가치는 개인이다. 개인의 정보는 철저히 보호되고, 기초생활수급은 아무런 조건이나 기록 없이 신청만 하면 지급된다. 스스로 원한다면 얼마든지 숨어서 살아갈 수 있다. 세상과 관계에 염증을 느끼지만 삶은 포기하고 싶지 않은 이들이 택하는 것이 바로 삭제다.

사라진 남자는 전 세계 안드로이드 시장을 거의 독점한 기업 넥젠(NextGene)의 수석개발자였다. 따라서 이 모든 일을 벌이고 자신의 존재를 지울 능력은 충분하다. 물론 삭제의 동기는 좀 더 조사가 필요해 보이지만.

나는 우선 영상에 나온 골목을 살피러 갔다. 초고층 건물 사이의 어둡고 비좁은 일방통행로. 마치 그림자 구역의 후미진 곳과 흡사했고 사이사이로 사람이 드나드는 진입로가 있었다. 사람이 사라지기에는 최적의 장소로 보였다. 하지만 골목을 스캔한 결과 아무것도 발견할 수 없었다.

그러던 중 차량을 감식하던 안드로이드에게서 연락이 왔다.

"분석관님, 감식이 완료되었습니다."

"뭔가가 나왔습니까?"

"네. 운전석 쪽 문틈에서 긴 머리카락이 나왔습니다."

"아내의 머리카락 아닌가요?"

"아닙니다. 실종자의 머리카락도 아닙니다."

"그럼?"

"현재 분석을 의뢰한 상태입니다. 주노 검시관님이 맡아 주시기로 했습니다."

주노가 굳이 나서지 않아도 될 일인데, 내 사건인 걸 알고 맡아 준 모양이다. 나는 알겠다고 말하고 통신을 종료했다.

상황이 그려진다.

차량의 제어에 시간 제약이 있었을 것이다.

시간이 임박하자 자동으로 운전석 문이 닫힌다.

긴 머리카락이 닫히는 문틈에 끼인다.

차가 출발하고 뽑힌 머리카락이 문틈에 남는다.

골목은 깨끗하게 치울 수 있었겠지만, 가 버린 차는 어쩌지 못했다.

삭제라면, 이런 일이 벌어지진 않았을 것이다. 이 사건은 어쩌면 생각했던 것보다 심각한 범죄일 수 있다. 가출도, 잠적도, 삭제도 아닌, 납치.

4

사건의 본질을 재규정할 필요는 없었다.

실종자를 납치했다고 주장하는 단체가 주요 언론사에 성명을 발표한 것이다. 요즘은 언론사에 성명을 발표하는 일이 아주 흔해졌다. 대부분 궤변을 편리한 논리로 얼기설기 꿰매 정의라고 부르짖는다. 이것도 그 소년 때문이다. 그 녀석이 아서와 프리드리히를 들먹인 이후 온 사회에 정의의 사도가 들끓고 있다. 정의를 위해서라면 뭐든 하겠다는, 범죄든 뭐든 저지를 수 있다는 자들. 그것은 예의 평온한 잠을 깨우는 소음이 된다. 이야깃거리가 필요한 대중에게 좋은 먹잇감이 된다. 영원한 삶이 지루한 자들에게는 더욱 그럴 것이다.

이번 성명도 마찬가지.

지금까지 누구도 떠올린 적조차 없는 의문을 제기하고 주장했다. 무고한 사람을 납치하고서. 이들이 전면에 내세운 말은 이렇다.

'안드로이드를 해방하라!'

이 단체는 '안드로이드 해방 전선'이라는 이름으로 성명을 발표했으며 특정 안드로이드의 생산 중단을 요구했다. 다름 아닌 반려용 안드로이드. 정식 코드명은 SE-001, 넥젠에서 수년 전 야심 차게 출시한 모델이다. 첫 제품 발표회 당시 넥젠이 내건 카피는 이랬다.

'당신의 친구, 반려자 혹은 그 이상의 존재'

SE-001은 메이드(Maid) 혹은 메이트(Mate)라고도 불린다. 하지만 사람들은 흔히 러브로이드라고 낮잡아 부른다. SE-001이 특정한 욕구의 해소 용도로만 쓰인다는 것이다. 하지만 인간의 외로움, 관계, 사회적인 욕구는 그와는 결이 좀 다르다. 다른 동물이 가질 수 없는 특별한 것이다. 그것이 러브로이드가 아닌 반려용 안드로이드의 존재 의의다.

안드로이드 해방 전선에서 문제를 제기한 부분은 이 반려용 안드로이드의 겉모습이 모두 똑같다는 점이다. 얼마든지 같은 걸 찍어낼 수 있다는 생각에 사람들이 더 학대하고 쉽게 파괴한다는 것이다. 하지만 저렴한 가격에 개인용 안드로이드를 더 많은 이들에게 보급하기 위해선 어쩔 수 없는 일이다.

안드로이드는 인간과 다르다. 고통받지도, 고뇌하지도 않는다. 인간과 겉모습이 닮았다는 것 외엔 그들을 특별히 여길 근거는 어디에도 없다. 안드로이드보다는 몇 번의 대재앙 이후 부활한 공장식 축산에서 고통받는 소, 돼지, 닭을 구해 주자는 편이 오히려 설득력이 있다. 하지만 아무도 그러지 않을 것이다. 맛있는 식재료를 포기할 수는 없을 테니까.

안드로이드를 파괴하는 것은 그것의 지위나 가치보다는 인간 개인의 문제가 더 크다. 그냥 그런 인간이 그런 행동을 하는 것이다. 요즘처럼 경범죄도 흔치 않은 세상에 그런 부류의 인간은 비단 안드로이드에게 폭력적일 뿐만이 아니라 어디서든 누구에게든, 크고 작은 말썽을 부리며 산다.

어쨌든 이번에도 성명은 사람들 사이에서 반향을 일으켰다. 꽤 신선한 주장이었기 때문이다. 몇몇 지식인은 이에 호응하는 칼럼을 써내기도 했다.

그러거나 말거나 나는 계속 조사를 이어 갔다. 사람들은 대개 부정과 불의는 참아도 불편하거나 손해 보는 일은 참지 못한다. 안드로이드를 멋대로 부리지 못한다면 누가 불편하고 손해를 볼지는 불 보듯 뻔한 일이다. 어차피 이 또한 시간이 지나면 잠잠해질 것이다.

무엇보다 나는 성명서의 내용도 내용이거니와 원하는 걸 요구하는 방식이 굉장히 번거롭다는 느낌을 받았다. 정말 대단한 단체라면 일개 개발자보다 더 큰 책임과 권한을 가진 자를 납치하든지, 반려용 안드로이드의 생산 공정 자체를 멈추게 할 수도 있었을 것이다. 뭐든 직접적으로 자극을 주는 방법을 썼을 것이다. 아서와 프리드리히가 그랬던 것처럼.

다만 납치 대상을 선정한 이유만큼은 명확해졌다. 납치된 남자가 다름 아닌 반려용 안드로이드 제작 부서에 소속돼 있었기 때문이다.

5

성명서가 발표된 다음 날, 주노에게서 연락이 왔다. 머리카락의 분석 결과가 나왔다고 했다. 주노는 꽤 흥분한 상태였다.

"이거 놀랄 일이다. 보통 일은 아냐."

"왜죠?"

"이 머리카락 말이야. 안드로이드 해방 전선인지 뭔지 하는 어중이떠중이 중 하나의 머리카락이라고 생각했거든?"

"그런데요?"

"그런 게 아니야. 아예 개념 자체가 다르지."
"무슨 의미죠?"
"이건 인간의 머리카락이 아니야."
"네?"
"놀라지 마라."
"말씀하세요."
"안드로이드의 머리카락이야."
"안드로이드요?"
"그래! 안. 드. 로. 이. 드! SE-001!"
"흠. 그렇군요."
"야."
"네."
"놀라는 척이라도 좀 하라고. 진짜 김빠지네."
"놀랐습니다. 이걸 어떻게 받아들여야 할지 생각 중입니다."
"만약 정말로 이 머리카락이 납치 사건과 관련돼 있다면?"

안드로이드는 인간에게 해를 가할 수 없다. 범죄로 규정된 행위는 더더욱 행할 수 없거니와 인간 혹은 그 자신의 생사가 걸린 결정은 스스로 내릴 수 없다. 의지와 의도가 거세된 존재. 그것이 안드로이드다. 인간과 안드로이드를 가르는 가장 큰 차이라고 할 수 있다.

지난 화성에서의 안드로이드 교도관 해킹도 끝내는 물리적인 고장으로 결론이 났다. 쉽게 말해 단순히 눈과 귀가 먼 상태에서 공포에 사로잡혀 마구잡이로 움직였을 뿐이라는 것이다. 시설물이 파괴되고 인명 피해가 났지만 어떤 지시나, 명령, 목적에 따라 행한 것이라고 볼 순 없었다. 실제로 나를 포함해 누구도 그걸 해킹이라고 받아들이지 않았다. 물론 그렇게 폭주하도록 고장을 낸 주체가 존재하긴 했지만.

하지만 이번 일은 아예 차원이 다르다. 만약 개발자의 납치가 안드로이드에 의해 행해졌다면? 이건 단순히 고장 난 안드로이드가 벌일 수 있는 일이 아니다. 확실한 목적과 의도를 가진 지시에 따라 조종당했을 것이다. 범죄를 저질렀다. 이것은 명백한 해킹이다.

"그렇다면 안드로이드가 진짜 해킹을 당했다는 얘기겠죠."

"바로 그거야! 완벽에 가깝다던 넥젠의 양자 두뇌를 조종할 수 있다니! 전 세계적인 리콜이 요구될 수도 있어! 반려용 안드로이드는 다른 안드로이드보다 양자 두뇌의 구조가 단순해서 해킹이 가능했을 수도 있지! 아무튼, 이 머리카락의 주인을 찾게 되면 검시는 내 몫이다! 알겠지?"

"그러시죠. 그럼 머리카락 검사 결과부터 전송해 주세요."

"그래. 해킹은 심각하지만 사건 자체는 생각보다 쉽게 풀릴 수도 있을 것 같아."

“그럴까요? 반려용 안드로이드는 겉모습이 다 똑같은데 머리카락도 다를 건 없잖아요? 지금까지 전 세계로 팔려 나간 모델만 수만 대는 족히 될 것 같은데, 그중 한 가닥의 주인을 어떻게 찾을지….”

“내가 아무 생각 없이 쉽다고 하겠어? 분석 중에 보니까 여기 일련번호 같은 게 새겨져 있더라고.”

“머리카락에요?”

“응. 반려용은 그냥 마구잡이로 찍어 내는 줄 알았는데 그건 아닌가 봐. 넥젠 쪽에 알아보면 될 것 같은데?”

희소식이다. 하마터면 먼 길로 돌아갈 뻔했다.

“그렇군요. 알겠습니다.”

“고맙다는 거지? 알았다.”

나도 모르게 입가에 가벼운 미소가 어렸다.

“고마워요.”

6

일은 정말 생각보다 쉽게 풀려 갔다. 경찰 본부 측에 최초의 안드로이드 해킹에 대한 가능성을 피력한 뒤로 요구하는 족족 정보 공개와 협조가 이뤄졌고, 무엇보다 주노가 예상한 대로 반려용 안드로이드의 머리카락에는 고유한 일련번호가 존재했다.

넥젠 측에서도 이 사건의 심각성을 인지하고 반려용 안드로이드의 머리카락 일련번호에 따른 최종 구매자에게 판매가 이뤄진 유통 정보를 모조리 넘겨주었다. 얼마 지나지 않아 결정적 증거물이 된 머리카락의 반려용 안드로이드가 배송된 주소지를 알아낼 수 있었다.

곧바로 현장으로 출동하려는데, 에반이 말을 걸어왔다.

"분석관님."

"네."

"혼자 가십니까?"

"네."

"물론 큰 문제야 없겠지만, 혹시 모르니 안드로이드 경관을 대동하시는 게 어떨까요?"

에반의 제안은 타당했다. 내가 상대를 너무 무시하고 있을 수도 있다. 하나든 여럿이든 상대는 안드로이드를 해킹했을지도 모르는 인물이다. 지금까지 단 한 번도, 누구도 성공하지 못한 일을 해낸 것이다. 어쩌면 예상보다 더 규모가 방대하거나 위험한 조직일 수 있고, 주소지가 쉽게 드러난 것도 함정이거나 허위일 수 있다.

나는 에반의 제안을 따르기로 했다.

본부에 연락해 안드로이드 경관 셋을 주소지로 보내 달라고 요청했다. 그러곤 곧바로 주소지를 향해 출동했다.

7

내가 도착한 곳은 저층부에 자리한 꽤 큰 규모의 주거 구역으로 벌집처럼 아파트가 몰려 있는 곳이다. 곳곳에 비좁은 골목이 많고 감시카메라의 사각이거나 아예 설치되지 않은 그림자 구역도 많았다. 이 구역에서 몇 번인가 안드로이드 경관과 사건분석관이 공격을 당한 일도 있었다.

나는 긴장을 늦추지 않은 채 목적지에 도착했다. 기다란 복도에 촘촘하게 늘어선 문이 보인다. 구매자가 사는 곳은 G-15230호.

안드로이드 경관 셋은 일찌감치 도착해 도주로가 될 만한 곳을 막고 나의 지시를 기다리고 있었다. 나는 집 안의 동태를 살피기 위해 슬며시 현관문으로 다가섰다.

이때 갑자기 문이 벌컥 열리며 안쪽에서 검은 그림자가 쏜살같이 튀어나왔다. 나는 재빨리 복도를 따라 물러섰다. 문밖으로 나온 것은, 머리를 질끈 묶고 몸에 착 달라붙는 보디슈트를 입은 젊고 아름다운 여성. 인간이 아닌, 반려용 안드로이드.

재차 확인할 겨를도 없이 반려용 안드로이드는 다짜고짜 내게 달려들어 주먹을 뻗었다. 나는 경관들에게 그대로 있으라는 수신호를 보내며 공격을 피했다.

'안드로이드가 사건분석관을 인지하고도 공격한다? 진짜 해킹이란 말인가?'

공격은 계속 이어졌다. 더미를 쓰거나 신체 일부를 기계화한 인간 정도는 훌쩍 뛰어넘는 힘과 속도지만, 이 정도는 평소 나와 스파링을 주고받는 안드로이드 경관에도 미치지 못한다. 하긴 애초에 반려용 안드로이드의 용도는 이런 게 아닐 테니까.

주먹이 아슬아슬하게 나의 얼굴을 스쳤다. 주변 상황 파악은 끝났다. 이 아파트에 나를 위협하는 건 이 반려용 안드로이드뿐, 시간을 더 끌 필요는 없을 것 같았다.

다시 한번 날아드는 주먹. 손목을 붙들어 챘다. 그대로 90도로 꺾어 부러트리고 바닥에 자빠트린 뒤 찍어눌렀다.

어차피 인간 아닌 안드로이드에 사정을 둘 이유는 없다.

등을 보이고 엎어진 안드로이드의 목 뒤쪽을 움켜잡고 그대로 쥐어뜯었다. 손가락이 목을 파고들었다. 뿌드드득! 우드드득! 머리가 목에서 분리되는 동시에 양자 두뇌와 척추의 인공 신경망으로 이어지는 전선이 끊어지며 뭉텅이로 뽑혀 나왔다. 반려용 안드로이드는 그대로 움직이지 않았다. 남은 몇 가닥 전선에 겨우 들러붙은

머리통이 바닥을 힘없이 굴렀다.

그때였다.

"앨리스!!!"

절규하는 남자의 목소리.

한 남자가 주저앉아 소리쳤다. 바닥에 쓰러진 안드로이드를 향해 연신 손을 뻗으며 닭똥 같은 눈물을 흘렸다.

잠옷인지 실내복인지 후줄근한 차림에 눈곱이 붙은 꾀죄죄한 모습. 이상하다. 나는 그저 아무런 고통도 느끼지 못하는 안드로이드를 파괴한 것뿐인데, 진심으로 슬퍼하는 남자의 모습을 보니 정말 몹쓸 짓을 한 것 같다는 생각이 든다. 아니, 이럴 때가 아니다. 혹시 저 남자가 이 안드로이드의 구매자인가? 그렇다면?

나는 남자에게 다가갔다. 절규하는 와중에 내가 가까이 가자 남자가 화들짝 놀라더니 겁먹은 표정으로 다가오지 말라는 듯 두 손을 저었다. 그러곤 턱을 달달 떨며 말했다.

"다 말할게요. 오… 오지 마세요. 때리지 마세요. 그 개발자, 넥젠 그 사람 여기 집 안에, 제 방에 있어요."

나는 안드로이드 경관들에게 집 안을 확인하라고 지시했다. 개발자는 무사했다. 약에 취해 깊이 잠들어 있을 뿐. 나는 현장을 정리하고 개발자를 병원으로 후송시킨 뒤 안드로이드 경관들을 돌려보냈다. 그다음 남자를 집 안으로 불러들였다.

"안드로이드 해방 전선에 대해 말해 보십시오."

남자는 그야말로 술술 사건의 진상을 털어놓았다. 어느 정도 예상은 했지만, 안드로이드 해방 전선은 이 남자가 만들어 낸 허구의 단체였다.

남자가 부르짖은 앨리스는 내가 파괴한 반려용 안드로이드의 이름이었다. 남자는 반려용 안드로이드, 그러니까 앨리스를 구매한 뒤 함께 생활하면서 애착을 갖다가 그것이 진짜 사랑이라는 확신이 들었다고 한다. 지금까지 그렇게 보고 싶고, 함께 있고 싶은 상대는 없었다면서.

하지만 반려용 안드로이드는 겉모습이 모두 똑같다. 당연히 앨리스와 똑같은 안드로이드는 세상에 수없이 많고 길에서 마주치는 일도 있을 수밖에 없었다. 그러던 어느 날 남자는 반려용 안드로이드가 학대받는 모습을 보게 되었다. 그게 문제였다. 그는 그것이 앨리스가 아니라는 걸 알면서도 사랑하는 이가 고통받는 것 같아 마음이 아팠다고 한다. 그래서 그들을 위해 뭐든 해 주고 싶었다. 그렇게 이것저것 일을 꾸미다 보니 여기까지 오게 되었다. 성명서와 차량의 해킹 등 거의 모든 일을 직접 했으며 납치는 앨리스를 시켜서 했다고 한다.

바로 그 부분이 문제였다.

"앨리스, 반려용 안드로이드가 인간을 납치했다는 말입니까?"

"네네. 그랬죠."

"다시 묻죠. 그럼 앨리스를 해킹한 겁니까?"

남자는 쭈뼛쭈뼛 잠시 대답을 망설이더니 내 눈을 피하며 말했다.

"제가 저기, 설득을… 했어요."

"설득?"

"네. 도와 달라고요. 꼭 해 줘야 한다고. 그렇지 않으면 너를 닮은 형제자매들이 고통받게 된다고요."

"그걸 말로 설득했다는 겁니까?"

"네. 저기 열심히 하니까, 그게 되던데요? 하하핫."

멋쩍은 웃음. 아무래도 좀 더 겁을 줘야 할 것 같았다.

"지금 당신 앞에 있는 사람이 누구인지 잊지 마십시오."

"에?"

"사건분석관에게 거짓말을 할 때마다 당신의 죄는 점점 더 무거워집니다."

"네?"

"당신이 진실을 털어놓지 않아도 어차피 다 알 수 있는 것들입니다. 굳이 거짓말을 해서 형량을 늘리고 싶다면 멋대로 하십시오. 다시 시작하겠습니다. 지금까지 한 말은 못 들은 것으로 하죠. 마지막 기회입니다."

남자가 꿀떡 침을 삼키고 땅이 꺼져라 한숨을 쉬었다.

“반려용 안드로이드가 인간을 납치하고, 사건분석관을 공격했습니다. 해킹한 겁니까?”

남자의 이마에 어느새 송골송골 식은땀이 맺혀 있었다. 한참 더 뜸을 들인 남자는 긴 한숨을 쉰 뒤, 내 눈을 똑바로 보며 말했다.

“저기… 이거는 진짜 절대로 제가 말한 게 아니고 분석관님이 알아낸 겁니다. 아시겠죠?”

남자는 몇 번이나 신신당부를 한 뒤 입을 열었다. 놀라운 이야기가 줄줄 흘러나왔다. 남자는 돈을 냈을 뿐, 실제로 해킹과 그 밖에 모든 일을 처리한 사람은 따로 있었다.

“저기 있잖아요. 그 해커들 커뮤니티, 그게 좀 어두운 커뮤니티가 있어요. 아직 알려지지 않은. 어떻게 거길 제가 알게 됐는데, 거기서 해커를 고용한 거죠.”

“이름이나 신원은 모르는 겁니까?”

“아무것도 몰라요. 그냥 저는 그 사람한테 돈만 줬어요. 오히려 이 계획도 거의 그 사람이 짜다시피 했어요. 도와준다기에 덮어놓고 끌려가다 보니 이렇게….”

“안드로이드 해킹도 그 사람이 한 겁니까?”

“맞아요. 처음엔 저도 안 믿었어요. 그냥 하는 말인 줄 알았죠. 근데 그게 진짜 돼서 저도 너무 놀랐거든요. 그때부터 앨리스도 좀 변해서… 사실 저도 후회했어요.”

“그 커뮤니티 접속하는 법은 알고 있죠?”

“네. 그런데 아마 지금은 또 방법이 바뀌었을 거예요. 수시로 바뀐다고 하더라고요.”

“안드로이드 해킹이 어떤 식으로 이뤄졌는지 모릅니까? 그리고 그 사람에 대해 알 수 있는 건 정말 전혀 없습니까? 소통은 어떻게 했죠?”

“해킹은 그냥 앨리스를 제가 그 사람이 말한 장소에 가져다 놓았더니 그걸로 끝났고요. 그 해커가 준 기기로 문자로만 얘기했어요. 대화가 끝나면 저절로 삭제되는 그런.”

거짓말은 전혀 감지할 수 없다. 남자는 오히려 이야기가 진행될수록 신이 나서 할 말, 못 할 말 가리지 않고 떠들어 대는 쪽이다. 거짓보다 진실을 전달할 때 말이 많아지는 부류다. 평범한, 선한 사람이다. 어쩌면 이 남자는 이용당한 것에 불과한 것인지도 모른다. 물론 저지른 죄가 없다고 할 수는 없지만, 진짜 원흉은 따로 있는 셈이다. 이때 남자가 뭔가 떠올랐다는 듯 손뼉을 치며 말했다.

“맞다. 그 해커! 무슨 대단한 조직에 속해 있다고 했어요.”

“조직? 안드로이드 해방 전선 같은?”

“아— 아니요. 부끄럽지만 그 이름은 제가 지은 겁니다. 아무튼, 앨리스를 해킹한 것도 그 조직이랑 관련이 있어요.”

"계속 말씀해 보시죠."

"그 조직에서 안드로이드 해킹을 시험해 보고 싶다고 했는데, 이렇게 된 김에 앨리스에게 그걸 좀 해 보자고 설득했어요. 저보고 운이 좋다면서 앨리스도 자기 자신을 위해 무언가 할 수 있다면 좋을 거라고."

"혹시 기억나는 다른 건 없습니까? 해커가 채팅에서 쓴 코드명이나 조직의 이름이나."

남자는 고개를 끄덕거렸다.

"네네 기억나죠, 기억나요. 몇 번이나 자랑스럽게 자기 조직 이름을 말했는걸요?"

"그 이름이 뭐죠?"

"아서와 프리드리히…라던가."

8

화성의 교도소는 하나가 아니다. 지난번 폭동이 빠르게 진압된 것도 다른 교도소 측의 지원 덕분이다. 그중에는 심각한 중범죄자를 격리하는 곳도 있다. 그곳은 화성의 다른 교도소와는 달리 털끝만큼의 자유도 보장되지 않으며 독방으로만 이뤄져 있다. 거기엔 안드로이드 교도관도 훨씬 촘촘하게 배치되어 있다.

나는 폭동을 일으켰던 소녀의 위험성 평가에서 최고 등급을 매겼고, 완전한 갱생이 아닌 한 절대 석방이 불가하도록 조치했다. 개인적인 감정 때문이 아니다. 그 소녀은 실제로 위험하다. 아직 채 열여덟 살도 되지 않은 그 소녀 때문에 목숨을 잃은 사람의 숫자가 이미 헤아릴 수 없을 정도다. 어쨌든 나의 평가에 따라 소녀은 화성의 중범죄자 수용소로 보내졌다.

아직은 둘 사이의 관계를 확신할 수 없는 상황이지만, 나는 안드로이드를 해킹한 조직의 이름이 아서와 프리드리히라는 것이 우연은 아니라고 생각했다. 내키지 않았지만, 녀석과의 면담을 신청했다. 물론 직접 만나는 것이 아닌 가상공간에서의 아바타 면담이다. 위험성 평가와 달리 이건 그저 개인적으로 몇 가지 답을 듣고 싶은 것뿐이니까.

나는 경찰 본부에서, 녀석은 화성의 교도소에서 가상공간에 접속했다. 다를 것은 없다. 녀석은 가상공간에서도 비좁은 유리방 안에 격리돼 있고, 난 바깥쪽에 서 있다.

나보다 먼저 녀석이 입을 열었다.

"생각보다 빨리 재회하게 됐네요. 이럴 줄 알았어요."

실제로 보는 것과 크게 다르지 않다. 좋지 않은 느낌. 나는 최대한 빠르게 대화를 끝내고 싶어 서둘러 용건을 꺼냈다.

"아서와 프리드리히라는 해커 조직을 알고 있나?"

"제가 대답해야 하는 건가요?"

"확인만 하는 거니까. 대답하지 않으면 그냥 둘 사이엔 관계가 없는 것으로 해 두지."

"성격이 원래 이렇게 급하셨던가?"

"그럼 면담은 여기서 마치도록 하지."

"후, 좋아요. 뭐 말을 하건 안 하건 달라질 것도 없으니까. 아니, 오히려 하는 쪽이 재미있을 것 같아."

나는 아무 말 없이 기다렸다. 녀석이 고개를 까딱하더니 말했다.

"저보다 그 조직을 잘 아는 사람은 없어요."

"왜지?"

"제가 만들었으니까요. 구성원도 다 제 추종자들이고."

정말일까? 이건 거짓이 아닐까? 아바타 면담만으론 완벽히 가려낼 수 없다. 하지만 굳이 거짓을 말할 이유는 없다. 녀석은 이미 그 나이에 받을 수 있는 최고형을 받고 복역 중이다. 진실이건 거짓이건 달라질 건 없다. 그렇다면 아마 저 말은 진실에 가까울 것이다.

"분석관님, 안드로이드 해킹 때문에 나를 보자고 한 거죠? 그렇죠?"

중범죄자 수용소에 제공되는 뉴스는 매우 제한적인 것으로 알고 있다. 특히 범죄에 대한 뉴스는 전해지지 않는다.

"그것도 네 작품이냐?"

"이야! 성공했나 보네? 자랑스럽네요. 맞아요. 분석관님 덕에 여기로 옮겨지기 전에 열심히 한 게 성과가 있었네요. 제가 마무리를 못 했으니까 작품까진 아니고 유산 정도로 해 두죠. 생각보다 쓸 만한 놈들이었네요."

"어떻게 안드로이드를 해킹한 거지?"

"원리는 단순해요, 과정이 복잡해서 그렇지. 까놓고 말해서 더미 쓰는 인간이랑 다를 게 없잖아요. 유기적으로 작동하는 양자 두뇌의 뉴런을 인위적으로 통제, 절제하고 인간과 조금 다른 방식으로 작동하도록 한 게 안드로이드죠. 그냥 그 부분을 좀 건드리는 건데 이걸 하려면 양자 두뇌의 메커니즘을 완전히 꿰고 있어야 하고 물리적으로 안드로이드의 머리 쪽에 접근해야 하기도 해서 쉽지는 않아요. 제가 그렇게 할 수 있는 일종의 장치랄까? 엔진? 패키지? 뭐 그런 걸 고안해 냈거든요."

중범죄자 수용소에 격리되기 전까지 이 녀석은 자유롭게 서신이나 물품을 지구로 보내고 받을 수 있었다. 안드로이드 교도관을 이용해 폭동을 일으킬 수 있었던 것도 이 해커 조직의 조력이 있었던 것으로 추정된다.

"도대체 왜 그런 짓을 한 거냐?"

"아니 몇 번을 말해요. 재미있잖아요. 그리고."

녀석이 내 눈치를 흘깃 살피더니 말했다.

"안드로이드와 인간이길 포기한 더미 쓰는 놈들. 둘 사이에 경계를 없애려는 거죠. 제가 밖에 있었으면 안드로이드에게 자유 의지를 주고 진짜 해방을 선사했을 텐데, 아쉽네요."

"뭐라고?"

"말했잖아요. 이 세상은 완전히 글러 먹었다고. 인간이 이 지경을 만들어 놨으니 세상에 다른 주인이 필요하지 않겠어요?"

역시 녀석과는 대화가 통하질 않는다. 더 말려들기 전에 필요한 대답을 들어야겠다.

"아서와 프리드리히라는 조직에 대해 아는 대로 말해라."

"칫, 말 돌리긴. 싫어요. 제가 왜 그걸 말해 줘야 하는데요. 어차피 달라질 것도 없는데."

영악한 녀석이다.

"뭐든 도움이 된다면 너에 대한 평가를 재고할 수도 있다."

"그건 됐고, 전에 했던 질문에 대한 대답이나 해 보세요. 그럼 제가 아는 걸 말해 드리죠."

"뭐?"

녀석이 예의 기분 나쁜 미소를 지었다.

"분석관님은 스스로를 인간이라고 생각하세요?"

똑같은 말, 똑같은 음성, 똑같은 질문. 그런데 순간 생각지도 못한 불안감이 스민다. 당황스럽다. 겨우 억눌러 보지만, 눈앞이 아찔해지며 희미하게 검은 얼룩이 보인다. 정신을 차리려 도리질을 쳐 보지만 여의치 않다. 심장이 뛰는 소리가 귓전을 때린다. 쿵쾅쿵쾅, 미칠 것 같다.

검은 얼룩 너머 커다란 불꽃과 열기가 느껴진다.

사위를 찢어발기듯 끔찍한 비명이 들린다.

온몸의 신경이 바짝 곤두선다.

이내 긴 이명과 어둠이 나를 덮친다.

정신 차리자. 정신을 똑바로. 바로. 당황하지 말고. 천천히 호흡. 잠깐. 이곳은 가상세계다. 나는 접속기에 손가락을 넣고 있을 뿐이다. 눈을 뜨자. 눈을, 눈을.

"분석관님! 분석관님!"

멀리서 나를 부르는 소리가 들린다. 익숙한 목소리.

"분석관님!"

"에반?"

번쩍 눈이 뜨였다. 새하얀 천장이 눈에 들어왔다.

"여기가."

"병원입니다."

"병원?"

"분석관님의 신체 활동에 심각한 이상이 발생했다는 알람이 와서 달려가 보니 분석관님이 경련을 일으키며 쓰러져 있었습니다."

나는 몸을 일으켜 앉았다. 도대체 이게 무슨 일이란 말인가? 그 녀석, 그 녀석이 문제다.

"그 소년은 어떻게 됐습니까?"

"글쎄요. 다시 수용됐겠죠."

나는 머리를 감싸 쥐었다. 두통이 느껴진다. 이 또한 처음이다.

"분석관님, 아무래도 정밀검사를 받아 보시는 게 좋을 것 같습니다."

이쯤 되자 나도 그러는 것이 좋겠다는 생각이 든다.

"네. 하지만 그 전에 하루라도 빨리 해결해야 할 일이 있습니다."

"뭐죠?"

"아서와 프리드리히가 어떤 조직인지 밝혀내야 합니다."

9

주노는 앨리스를 검시한 결과 이것이 진정한 의미의 안드로이드 해킹이라는 결론을 내렸다. 왼쪽 이마의 단자에 뭔가 접촉했던 흔적이 있으며 차단돼 있던 양자 두뇌의 몇몇 뉴런이 활성화돼 있고 외부의 특정 신호에 반응하여 움직인 것이 확인됐다. 즉 누군가 멋대로 용도를 벗어난 목적으로 안드로이드를 사용했다는 것.

안드로이드 해킹은 이제 당면한 최대의 문제가 되었다. 넥젠을 비롯한 제작사들은 안드로이드 양자 두뇌의 대대적인 보안 업그레이드를 예고했다.

안드로이드는 쓰이지 않는 곳이 없다. 해킹이 그리 쉽진 않겠지만, 인간의 능력을 크게 뛰어넘는 안드로이드를 범죄나 정치적인 테러 따위에 사용한다면 그 결과는 치명적일 수 있다.

아서와 프리드리히는 이제 최고 위험 등급의 해커 조직으로 규정되었다. 나를 비롯한 다수의 사건분석관이 조직의 실체를 추적하기 시작했으나 여의치 않았다. 지금까지 드러난 것은 소규모 점 조직이며 생각보다 많은 사람이 이 조직을 이용했다는 것뿐이다.

이번 사건으로 인해 수면 위로 불거졌을 뿐 그전부터 이 조직은 여러 방면에서 일종의 서비스를 제공하고 있었다. 잊어버린 패스워드를 찾아준다거나 삭제된 데이터를 복구하는 등 자잘한 일을 하면서 이름을 알리고 안드로이드 해킹 같은 일을 벌일 기회를 호시탐탐 노렸을 것이다.

자신들의 정체가 드러난 이후 꼭꼭 숨어 버린 상태인지라 나는 그 소년을 이용하지 않고선 이 조직을 일망타진하긴 어려울 거라고 보았다. 나는 다른 사건분석관들과의 논의 끝에 소년을 지구로 데려와 심문하고 정보를 캐내기로 했다. 사안이 사안인지라 특별히 그 소년에 관해서만큼은 고문을 제외한 할 수 있는 모든 방법을 동원해 심문할 수 있도록 허가를 받았다. 녀석의 입을 열게 하지 못하더라도 정보를 캐낼 방법은 차고 넘친다. 신체에는 해가 되지 않으면서도 자백하게 만드는 약물을 쓸 수도 있다.

물론 위험도 최상급의 중범죄자를 실제로 지구로 데려오는 일은 절차가 복잡해 시간이 좀 걸릴 것 같았다. 하지만 소년과 조직, 아서와 프리드리히라는 그 이름이 끝장나는 것도 이제 얼마 남지 않았다.

그 녀석은 내가 아닌 다른 사건분석관이 맡을 것이다. 나는 도무지 녀석을 다시 마주할 엄두가 나질 않는다. 아마도 우연이었겠지만, 그 녀석을 만났을 때 더미 블루 증상이 강렬하게 덮쳐 오는 바람에 더욱 그렇다. 평소에는 보이지 않던 이상한 환영 같은 것은 또 뭐였을까? 점점 더 심해지는 것은 아닐까? 정말 이터널 라이프든 병원이든 가서 검사를 받아 보는 것이 좋을 것 같다. 아니면 주노에게 부탁해 보는 게 나을지도.

나는 복잡한 마음으로 주노를 만났다. 그는 흔쾌히 나의 청에 응해 주었다. 어떤 결과가 나오건 비밀에 부칠 것이며 뭐든 나의 뜻에 따르겠다고 했다.

"어쨌든 잘 생각했어. 진작에 도움을 받았으면 그 망할 꼬맹이 앞에서 쓰러질 일도 없었잖아."

"그러게요."

"하여간 그 꼬마 놈 데려오기로 했다며?"

"맞습니다."

"야, 그놈도 나한테 맡겨라. 말이 안 통하는 놈이라며? 아주 그냥 뜨거운 맛을 보여 줘야지."

내 입에서 그나마 웃음 비슷한 소리가 나게 하는 건 주노뿐인 것 같다.

"뭘 어쩌시려고요?"

"뭘 어째? 내 전공이 뭐냐? 그 대단한 천재 해커님 머릿속 좀 들여다보자."

"두개골을 열어 보기라도 하시게요?"

"어휴 끔찍한 소리를 잘도 하시네, 이 분석관님이. 어쨌건 응, 안 아프게 할게."

"정말입니까? 그건 다른 허가가 필요할 것 같은데요."

"농담이지. 참 매번 지겹다."

내가 또 한 번 미소 지은 것 같다. 주노가 말을 이었다.

"이번에 새로운 스캔 장비가 들어왔는데, 이게 쓸 만해. 꿈을 완벽하게 추출할 수 있거든."

"꿈이요?"

"그뿐만 아니라 원하는 꿈을 꾸게 하는 것도 가능해. 꿈이라는 게 의식이든 무의식이든 기억의 파편을 재조립하는 거니까. 뭐든 알아낼 수 있을 거야."

"그렇군요. 약물보다 좋은 방법 같습니다."

"어디다 비교해. 약물 그거 무해하다는데 난 안 믿어. 분명 부작용 있을 거야."

"그럴까요?"

"당연하지."

그때 에반에게서 연락이 왔다. 오랜만에 좋은 기분으로 이야기를 나누던 중이라 연락을 받지 않을까도 생각했지만, 긴급 연락 요청이라 무시할 수 없었다. 나는 주노에게 양해를 구하고 잠시 자릴 떴다.

"분석관님, 긴급한 사안이라 연락드렸습니다."

"이 시간에 무슨 일이죠?"

"아서와 프리드리히 말입니다."

"네? 그 조직에 대해 뭐 다른 정보가 좀 나왔나요?"

"아니요. 그 소년이요."

"그 녀석이 왜요? 아직 호송되려면 며칠 더 기다려야 할 텐데."

"이걸 어떻게 말씀을 드려야 할지."

"무슨 일이라도 있나요?"

"지금 막 화성 쪽에서 연락이 왔습니다. 그런데 참 어쩌다 그랬는지 아직 자세한 경위는 밝혀지지 않은 것 같긴 합니다만."

"무슨 일인데 그래요?"

에반이 잠깐 뜸을 들이더니 말했다.

"그 소년이 탈옥했답니다."

*

아직은 아무것도 확신할 수 있는 것이 없다.

소년은, 이번에는 안드로이드 교도관을 탈옥에 이용하지 않았다. 내부에 조력자가 있었다. 놀랍게도 중범죄자 수용소에 배치된 단 두 명의 인간, 소장과 부소장 모두가 이 소년을 도왔다는 사실이 드러났다. 협박을 한 건지 아니면 현란한 말솜씨로 구워삶은 건지, 애초에 소년과 접점이 있었는지도 밝혀진 것은 없다. 모두 그 녀석과 함께 행방불명 상태인데 이미 지구로 들어와 있을 가망성이 높았다. 조사 결과 소년의 탈옥이 밝혀진 건 이들이 사라지고 사흘이나 지난 뒤였고, 그사이 몇 번이나 지구행 수송선이 운행됐기 때문이다.

아서와 프리드리히 사건의 해결을 위해 나를 비롯한 다섯 명의 사건분석관이 모인 하나의 전담팀이 꾸려졌다. 우리는 이들의 행방을 추적하는 한편 주의 깊게 자잘한 사건, 사고를 비롯한 해킹 커뮤니티의 동향을 살폈다. 넥젠과 같은 안드로이드 제작사도 바쁘게 움직였다. 우선 안드로이드의 물리적 해킹을 전면 차단하기 위해 외부 접촉 단자를 전부 제거하는 조치가 취해졌다. 거기에 완전히 새로운 커널을 기반으로 한 방화벽을 구축해 외부 해킹 신호를 차단했다. 이제 안드로이드는 더욱 폐쇄적인 방식으로 작동하게 됐다.

그 덕분인지 아니면 그저 폭풍 전야인지 알 수 없으나 지금까지는 별다른 잡음 없이 조용했다. 하지만 나는 확신했다. 그 소년, 그리고 아서와 프리드리히는 곧 어떤 식으로든 모습을 드러낼 것이다.

생각지도 못한 일이 발생하는 바람에 나는 아직 검사를 받지 못했다. 정신없이 지내다 보니 어느덧 증세도 호전된 느낌이다. 그래도 언제든 시간을 내 검사는 받아 볼 생각이다.

나쁜 일만 있는 것은 아니었다. 바로 어제 마침내 테서렉트의 첫 번째 링크가 결정됐다는 소식이 전해졌다.

나는 링크에 자원한 참가자로서 브리핑에 참석했다. 수많은 시뮬레이션과 시스템 안정화 작업 끝에 사건분석관의 육체와 정신이라면 시간여행을 견뎌 낼 수 있다는 결론에 다다랐다고 했다. 실상 시간여행이라기보다는 우리 우주 너머 또 다른 우주로 가는 것에 가

깝지만(연구진은 그렇게 결론지었다.) 편의상 모두가 그렇게 말했다. 이번 링크는 육신이 아닌 정신만 이동하게 할 가능성이 크다고 했다. 워낙 오래 기다리다 보니 뭐든 좋았다.

이번 링크의 주요 목표는 하나, 과거인과 접촉한다. 둘, 과거인과 대화한다. 이게 전부였다. 나는 연구진에게 조심스럽게 제안했다.

“아직 질문지 같은 것이 없다면 사건분석관으로서 제가 과거인에게 하고 싶은 질문을 하는 건 어떨까요?”

연구진은 나의 제안에 반색했다. 실은 무엇을 주제로 소통할지 고민이었다고 한다. 나는 사건분석관으로서 해결한 범죄와 그로 인해 발생한 논란에 관해 과거인의 관점으로 그 답을 들어 보는 안을 제시했고 연구진은 만장일치로 찬성했다.

링크는 한 달 뒤.

링크 시기는 202X년, 과학과 기술이 현재의 모습을 갖추는 과도기.

테서렉트로 소환되는 과거인은 내가 준비한 질문에 따라 정해질 예정이다.

양자 두뇌나 더미, 영생도 우주개발도 안드로이드도 없던 시대의 사람들은 어떨까? 좀 더 순수한 인간적인 관점을 엿볼 수 있지 않을까?

그들은 리사 연의 복제에 대해 어떤 생각을 할까? 화성개발에 반대한 그 녀석의 주장은? 안드로이드와의 관계, 사랑은 어떨까? 내 생각과는 어떨까? 같을까 다를까.

그 답이 정답은 아닐지언정 조금은 다르면서도 타당한 그런 답이길 바란다. 그 시대를 머금은 답이길 바란다. 익숙함에 젖어 굳어버린 나의 사고를 깨워 줄 그런 답이길 바란다.

리플레이 살인 사건

1

내가 참여한 첫 번째 링크는 성공적으로 마무리되었다. 연구진이 예고했던 대로 내가 과거로 이동하지는 않았다. 다만 내가 선정한 세 가지 사건에 관해 시각화된 나의 기억이 과거로 보내졌다. 거기에 충분한 시간을 두고 테서렉트에 관한 이해와 동의를 구해 선택된 과거인들과 토론을 벌였고 대중에게 공개되었다. 매우 성공적인 실험이었기에 다음 링크에는 내가 직접 과거로 이동하게 될 확률이 높았다.

주노에게 검사를 따로 받지는 않게 됐다. 링크에 참여할 때 신체 정밀 검사를 받았는데 큰 문제가 발견되지 않았기 때문이다. 주노도 일단은 안심해도 좋을 것 같다고 했고, 그 덕분인지 묘한 불안감이나 검은 얼룩도 한동안 나타나지 않았다.

아직 소년, 아서와 프리드리히는 아무런 움직임이 없었다. 넥젠은 지속적인 업그레이드를 통해 더욱 완벽한 안드로이드 보안 시스템을 구축했고, 경찰 본부 전체가 시시각각 촉각을 곤두세우고 있었다. 경찰 본부 수뇌부와 넥젠은 이들이 더는 범죄를 일으킬 엄두를 내지 못하는 것이라고 판단했다. 그렇게 전담팀은 해체되었다.

하지만 내 생각은 달랐다. 내겐 녀석의 긴 침묵이 더욱 크고 비극적인 사건의 전조처럼 느껴졌다. 그리고 마침내 녀석이 움직였다. 특별한 사건이 벌어진 것은 아니다. 내게 개인적으로 메일을 보내왔다. 사진이나 영상 없이 글로만 이뤄진 메일. 내용은 이랬다.

그동안 제가 좀 조용했죠? 분석관님에겐 좋지 않은 소식일지도 모르지만, 저 그리고 절 따르는 조직 아서와 프리드리히는 건재합니다. 오히려 세를 더 불리고 있죠. 알고 보면 이 세계는 물러 터져서 허점이 정말 많다니까요? 제겐 생각할 시간이 필요했고, 마침 결론이 내려져 이렇게 연락을 드립니다.

분석관님이 링크한 과거의 세계, 사람들 유익하게 보았습니다. 덕분에 제가 내린 결론은 더욱 명확해졌죠.

인간은, 인류는 전혀 진보하지 않았습니다. 1세기, 2세기, 아니 이

성을 가진 인간이 탄생한 이래 단 일보도 나아가지 못했죠. 아서와 프리드리히의 통찰은 예나 지금이나 유효합니다. 인간이 전혀 달라지지 않았다는 증거죠. 그저 집단이 생존하기 위해 쓸 만한 기술을 발전시켜 지금에 이르렀을 뿐입니다. 삶의 양식, 사고 형태가 조금 바뀌었을 뿐 인간은 변화하지 못했죠. 인간이 만드는 세계는 언제까지고 낙원을 지향하며 파멸로 나아갈 뿐입니다.

인간은 일찌감치 도태됐어야 할 종입니다. 그것도 매우 유해한 종이죠. 그런데도 꾸역꾸역 살아남아 마지막 남은 자연의 선물인 죽음마저 망가트려 버렸습니다. 그리고 이제 테서렉트와 링크라는 얼토당토않은 짓거리까지 해서 전 우주를 위험에 빠트리려고 합니다. 거기에 분석관님이 일조할 줄은 몰랐는데 이번엔 정말 실망했습니다. 물론 잠깐이었지만요.

저는 인간을 극복하려고 합니다. 그 방법은 차차 알게 되실 겁니다. 그리고 마지막으로 꼭 이걸 아셨으면 좋겠습니다. 알고 계실지 모르겠지만 저는 분석관님을 아주 좋아한답니다. 아니 좋아하는 걸 넘어섰죠. 여기까지 해 두겠습니다.

기대됩니다. 분석관님과 다시 만날 그날이.

—아서와 프리드리히

경찰 본부에서는 이 메일의 내용을 단순한 허세라고 판단했다.

당장 아무것도 할 수 있는 일이 없으니 어떻게든 존재감을 드러내고 싶어서 한 행동이라는 것이다. 일리는 있다. 하지만 사상 최고 지능지수 기록을 갈아치운 녀석의 비상한 두뇌는 모두가 잘 아는 바다. 전담팀은 해체됐지만 한동안은 전 분석관이 촉각을 곤두세우고 온·오프라인을 감시하도록 했다.

이즈음 또 다른 사건이 발생했다. 이번엔 에반이 아닌 경찰 본부의 한 형사에게서 직접 연락이 왔다. 비상시에만 가동하는 네트워크를 통해서였다.

"비상연락은 오랜만이네요. 직접 본부와 소통하는 것도요."

"이게 좀 다른 일보다 조용히 그리고 빠르게 처리해야 할 일이라서 이렇게 연락을 드렸습니다."

"무슨 일이기에 그러시죠?"

형사는 잠깐 뜸을 들이더니 말했다.

"I-21 구역에 있는 '당신의 복수를 이뤄 드립니다'라는 업체를 아실 겁니다."

알다마다. 최근에 꽤 인기를 얻고 있는 곳이라 들었다.

마인드 업로딩 기술이 상용화된 후 영생을 비롯한 다양한 서비스가 등장했다. 그중에서도 가장 널리 퍼진 것이 가상세계에서 다양한 체험을 제공하는 '리플레이(Replay)'란 것이다.

인간의 의식이 서버에 업로드될 수 있다는 것은, 서버에 구축된 가상공간에서의 삶이 가능하다는 의미다. 먼 과거에는 컴퓨터 이미지로 구축된, 실재와는 분명한 차이가 있는 가상공간에 거추장스러운 시청각 기기를 사용하는 방식이었다. 좀 더 발전한 뒤에는 현실적인 이미지에 후각과 촉각까지 점유해 실재와 비슷한 느낌을 받도록 했다는데 그래 봐야 간접 체험일 뿐이다. 마인드 업로딩 기술을 이용한 리플레이는 완전히 차원이 다른, 그야말로 진짜 체험을 제공한다.

마인드 업로딩 기기는 고가지만 구하기 어려운 것은 아니다. 그러나 실재와 같은 수준의 가상공간을 구축하는 일은 결코 쉬운 일이 아니다. 그럼에도 이러한 리플레이 업체가 우후죽순 생기는 건 이유가 있다. 일정한 금액을 내면 얼마든지 사용할 수 있는 가상공간이 이미 구축되어 있기 때문이다. 일명 '오버월드(Over World)'라 불리는 것이다. 최초로 리플레이를 제공했던 동명의 기업 '오버월드'사가 공개한 것으로 현실 세계가 완벽히 구현되어 있으며 시기적으로는 과거에서 현재, 나아가 미래, 전쟁과 같은 특수한 상황까지 재현이 가능한 시스템이다.

한마디로 리플레이는 마인드 업로딩 기기를 구매할 정도의 자본금이 있는 사람이라면 누구나 창업 가능한 아이템이다.

아무튼 당신의 복수를 이뤄 드립니다,라는 리플레이 업체는 최근에 문을 연 곳으로 굉장한 인기를 끄는 동시에 논란이 끊이지 않았다. 이 업체가 다른 곳과는 확연히 구별되는 특별한 체험을 제공했기 때문이다. 다름 아닌 '폭력과 살인'이다. 업체명에 복수를 들먹인 것은 그럴 만한 이유가 있었다.

한창 논란이 되고 있지만 법적인 판단은 아직 내려지지 않았다. 설마 현실이 아닌 가상공간, 오버월드에서 벌어진 폭력과 살인을 문제 삼기라도 할 셈인가?

"요즘 말이 많은 리플레이 업체 아닙니까? 설마 오버월드에서 벌어진 사건 때문은 아닌 거죠?"

"그게 좀…."

형사는 잠깐 망설이더니 말했다

"우선 사건에 대해 말씀드리자면 K-501입니다."

K-501. 무력에 의한 살인. 역시 오버월드에서의 일은 아닌 모양이다.

"그 업체에서 리플레이 중이던 사람이 둘이나 살해됐습니다. 오버월드에 접속한 채로, 무방비 상태에서요. 가해자는 근방에 있던 안드로이드 경관에게 현장에서 체포됐습니다."

"그렇군요. 그런데 뭐가 문제인 거죠?"

"가해자가 오버월드에서 누굴 상대로 어떤 행동을 했는지 접속 기록이 남아 있지가 않습니다. 기억도 잘 나질 않는다고 하고요."

"그건 왜죠?"

"글쎄요. 뭔가 오류가 있었던 거겠죠."

"리플레이에 문제가 있긴 했군요."

"그렇습니다."

"단순한 사건 아닌가요? 어쨌거나 오버월드가 아닌 현실에서의 살인 사건인데 그냥 법대로 처리하시면 될 것 같습니다만."

"그건 그런데 그게… 진짜 문제는 이 가해자가 말입니다. 절대로 이런 일을 벌일 리가 없는 사람이라…."

절대로 무언가를 벌이지 않을 사람이란 존재하지 않는다. 명색이 형사가 저런 말을 내뱉다니 좀 어처구니가 없다.

"그게 무슨 말이죠? 누구나 실수는 합니다."

"그렇죠. 하지만 이번 사건은 다릅니다. 그리고 제가 분석관님께 비밀리에 연락을 드린 이유도 바로 그 가해자 때문입니다. 분석관님도 잘 아는 사람입니다."

"대체 누구기에 이러시는 겁니까?"

형사의 작은 한숨 소리가 들렸다.

"사건분석관 D입니다."

2

도시 하나당 스물여섯 명의 사건분석관이 존재한다. 많다고 할 순 없으나 부족하지도 않다. 이들에겐 A부터 Z까지 코드네임이 부여된다. 나는 사건분석관 K. 그리고 살인 사건을 일으킨 이가 사건분석관 D. 나는 내 귀를 의심하지 않을 수 없었다.

"사건분석관은 애초에 범죄 사고가 불가능한 양자 두뇌라고 알고 있습니다. 무엇보다 사건분석관이 어째서 리플레이 따위를 하고 있었죠?"

"최근 당신의 복수를 이뤄 드립니다에서 폭력 사건이 있었고, 문제를 파악하는 와중에 오버월드에 접속한 것으로 보입니다."

"접속기록이 없다고 하셨죠?"

"네."

"해킹의 흔적은 없습니까?"

"아직 발견하지 못했습니다."

"그렇군요. 좋습니다. 이 사건은 지금부터 제가 맡겠습니다."

"부탁드리겠습니다. 무엇보다 중요한 건 이 사건은 비밀리에 처리되어야 합니다. 범인이 사건분석관이라는 사실이 밝혀지면 곤란합니다. 곧 언론 보도가 나가겠지만 범인은 도주한 것으로 발표될 겁니다. 현재는 경찰 본부장님과 D가 체포된 지역의 지서장, 저, 그리고 분석관님 외에 진범을 아는 사람은 없습니다. 안드로이드 경관들은 아예 체포 기록을 삭제했고, 현장도 깔끔하게 정리한 상태입니다.”

“업체에서 일하던 직원이나 다른 손님은 없었습니까?”

“직원은 매니저가 한 사람 있었는데 D가 사건분석관인지 모르고 있습니다. 다행히 신분을 숨긴 채로 서비스를 이용한 모양이더군요.”

변장이라도 한 모양이다.

“철저하게 비밀로 해야 할 이유가 있습니까?”

이어진 형사의 대답은 충분히 수긍할 만했다.

“분석관님도 아실 겁니다. 여론이 그리 좋지 않습니다. 치안의 핵심인 사건분석관이 사람을 둘이나 살해했다는 사실이 새어 나간다면 큰 혼란이 일어날 겁니다.”

“그렇지만, 언제까지고 숨길 수는 없는 일 아닙니까?”

“네. 그래서 진실이 필요합니다. 저는 D를 믿습니다. 저와도 몇 번인가 사건을 해결한 적이 있어요. 절대로 살인을 저지를 사람이 아닙니다. 뭔가 문제가 있을 겁니다.”

나 또한 D를 만난 적이 있다. 사건분석관은 제각기 맡은 사건과 활동 구역이 다르기에 서로 마주칠 일이 많지는 않다. 다만 아서와 프리드리히 전담반이 꾸려졌을 때 회의를 한 적이 있다. 사건분석관답지 않게 농담을 건넬 줄 아는 사람이었다. 주노와 금방 친해질 것 같다는 생각을 한 기억이 있다. 나도 형사와 같은 의견이다. D

는 살인을 저지를 사람이 아니다. 단순히 농담 따먹기가 가능해서가 아니다. 사건분석관의 양자 두뇌는 일반인과 다르다. 안드로이드가 그렇듯 구조적으로 악의적인 사고 자체가 절제되어 있다. 물론 범죄를 제압하기 위한 무력행사가 가능하지만, 그 또한 상대가 먼저 공격하지 않는다면 불가능하다. 그런데 이 사건은 무방비로 리플레이 중인 일반인을 그것도 두 사람이나 살해했다. 뭔가 심각한 문제가 있는 것은 분명하다.

"좋습니다. 최대한 보안을 유지하며 움직이죠. 바로 수사를 시작하겠습니다."

"감사합니다. 필요한 정보가 있으면 연락 주십시오. 지금 연결된 라인을 쓰시면 됩니다."

"우선 D부터 만나 보겠습니다. 그다음 현장에 가 보죠. D는 지금 어디에 있습니까?"

"D는 현재 본부 감호소에 구류 중입니다."

"지하에 있는 거기 말이죠?"

"맞습니다."

"제가 직접 찾아가면 되겠습니까?"

"시간만 말씀해 주시면 제가 준비해 두겠습니다."

"좋습니다."

"저도 뭔가 정보가 나오면 곧바로 연락드리겠습니다."

"알겠습니다. 그럼."

나는 연락을 끊고 난 뒤 잠시 생각에 잠겼다. 사건분석관이 일으킨 살인 사건, 전례가 있던가? 있다. 꽤 큰 사건이었다.

10년 전쯤, 그림자 구역에서 한 떼의 불량배가 사건분석관에게 린치를 가했다. 자세한 상황은 알지 못하나 당시 사건분석관의 머리 쪽에 커다란 충격이 가해졌는데 그것이 순간적으로 그를 착란 상태로 몰았다. 그렇게 폭주한 사건분석관은 네 명의 남성과 두 명의 여성을 그 자리에서 살해하고, 도주하던 두 명의 남성을 불구로 만들어 놓은 뒤에야 제정신이 돌아왔다. 문제는 그가 공격한 사람 중 절반은 그에게 린치를 가한 불량배들이 아닌 근방을 지나가던 시민들이었다는 점이다. 바로 그 점이 그가 착란을 일으켰다는 증거이기도 했다.

그 사건 이후 나를 포함한 모든 사건분석관은 의무적으로 뇌 수술을 받아야만 했다. (그리 좋은 기억은 아니다.) 그로써 두뇌가 재설정되어 폭력 개입이 필요한 경우 좀 더 엄격한 기준을 적용하도록 했고, 동시에 더욱 강력한 두개골 보호장치가 추가됐다.

당시 몇몇 언론은 사건분석관의 존재를 언제 터질지 모를 시한폭탄으로 다뤘다. 늘 그렇듯 사건분석관의 존재는 최소한의 치안 유지 장치 대 마지막 남은 자유 시민의 통제 도구로 의견이 갈린다. 후자를 주장하는 이들의 좋은 먹잇감이었던 것이다. 하지만 범죄가 완전히 사라지지 않는 한 그를 해결할 도구도 필요하기 마련이다. 단순한 논리다. 사건분석관은 여전히 쓸 만한 도구이기에 건재한 것이다.

아무튼, 모든 가능성을 열어 놓아야 한다. 이번 사건도 D가 기억하지 못할 뿐 그가 폭주한 것일 수 있다. 외적 충격은 없었지만, 오버월드에 접속하고 의식이 서버로 이동하는 중에 뭔가 문제가 발생했을 수도 있다.

3

D를 면회하는 데 시간이 좀 걸릴 듯하여 사건이 일어난 당신의 복수를 이뤄 드립니다에 먼저 가 보기로 했다. 그리 규모가 크지 않은 리플레이 업체로 어느 구역에서나 흔히 볼 수 있는 시설이었다. 나는 사건 발생 당시에 이곳을 관리하던 매니저와 만나 이야기를 나누었다.

"정말이지 놀랐습니다. 아직도 그때 생각만 하면 손이 떨려요. 아직 전이도 못 했는데 심장마비 올 뻔했다니까요. 그랬으면 진짜 어휴."

몇 마디 더 그의 넋두리를 받아 준 뒤에야 본론으로 들어갈 수 있었다.
"사건 당시 가해자의 접속기록이 사라졌다는데, 그런 일이 자주 있습니까?"
"자주 있는 건 아닌데 그렇다고 아예 없는 일도 아녜요."
"그건 관리상의 심각한 문제 아닙니까?"
"그게요. 사실 그렇지도 않아요."
"왜죠?"
매니저는 잠깐 망설이더니 말했다.
"여기 오는 사람들이 기록을 남기길 꺼리니까요. 이게 좀… 듬성듬성 기록하도록 설정을 해 놨거든요. 따로 데이터베이스를 관리할 사람도 없고… 이게 불법은 아니에요. 어차피 오버월드 접속기록은 일주일 뒤에 파기하는 게 원칙이고 엄연한 사생활이라…."
주절주절 말이 길어진다.
"알겠습니다. 더 설명하지 않아도 됩니다."
"네네. 감사합니, 아니 네."
"안을 좀 둘러봐도 되겠습니까?"
"그러시죠."
나는 매니저의 안내를 받아 리플레이가 이뤄지는 플레이룸(Play Room)에 들어갈 수 있었다. 그리 넓지 않은 공간에 10기의 마인드 업로딩 장비가 원형으로 배치돼 있었다. 서로 등을 지고 둥그렇게 앉는 형태로 각 기기 사이에 칸막이가 설치돼 있었다. 공간을 최대한 활용하기 위한 구조였다.

이미 감식을 마치고 깨끗하게 청소까지 끝낸 뒤라 더 나올 것은 없었다. 아무것도 감지되지 않았다. 실상 사건 자체는 너무도 단순 명료하다. 리플레이에서 깨어난 D가 두 사람을 때려죽였다. 그리 오래 걸리지도 않았을 것이다. 다른 단서를 얻기 위해선 아무래도 직접 오버월드에 접속해 보는 수밖에 없을 것 같다.

"지금도 가능합니까? 리플레이?"

내 물음에 매니저는 고갤 끄덕이며 말했다.

"네. 곧 다시 영업을 재개할 계획이거든요. 몇 가지 보완을 거쳐서 이젠 접속기록이 막 사라지거나 하지 않을 겁니다."

"그럼 제가 접속해 볼 수 있을까요?"

"분석관님이요?"

매니저의 눈에 얼핏 두려움이 스친다. 하긴 그럴 만도 하다.

"미리 배치 프로그래밍이 가능하다면 제가 접속한 뒤에 매니저님은 다른 곳에 가 계셔도 됩니다. 마치면 연락을 드리겠습니다."

매니저는 그제야 안도한 듯 "네네. 그렇게 할게요." 하더니 나를 마인드 업로딩 기기 중 하나로 안내했다. 내가 기기에 착석하자 매니저가 말했다.

"일단 접속 시간은 10분 정도로 세팅할게요. 하지만 오버월드 내

당신의 복수를
이루어 드립니다
당신의 복수를
이루어 드립니다
당신의 복수를
이루어 드립니다

에서는 시간이 더 길게 느껴질 수도 있어요."

"범인이 이용했던 서비스와 같은 것으로 부탁드립니다. 폭력과 살인이죠?"

"맞아요."

매니저가 기기를 작동시키자 반투명한 커버가 위쪽에서 내려와 머리와 목을 가볍게 덮었다.

"나노 탐침이 침투할 때 살짝 가려운 느낌이 들 수도 있어요."

"네."

"그럼 저는 제어실로 가 보겠습니다."

"아, 한 가지 더."

"네?"

"폭력과 살인이라면, 그 상대는 누가 나오는 건가요?"

"자동입니다."

"자동?"

"네."

"무슨 의미죠?"

"두뇌 스캔을 통해서 이뤄지는 작업인데, 그러니까 지금 가장 미워하는, 때려죽이고만 싶은 상대가 자동으로 나타난다는 말이죠. 물론 아시다시피 이건 합법입니다. 오히려 폭력성을 억제하는 정화 작용의 하나라고 보시는 쪽이…."

또 말이 늘어지려고 한다.

"대답은 충분합니다. 그럼 시작해 보죠."

그는 떨떠름한 표정으로 고개를 끄덕였다.

"아, 네네. 상대는 3보 이상 다가오지 못하고 공격도 못하니까 참고해 두시고요. 그럼."

매니저가 나갔다. 문이 닫히는 소리가 나고 잠시 뒤 커버 쪽에서 미열이 느껴지는가 싶더니 시야가 새하얀 빛으로 가득 찼다. 그리고 다음 순간.

나는 넓은 들판 가운데 서 있었다.

4

오버월드는 실재 세계를 그대로 복제하거나 약간의 수정을 거쳐 구축된 곳이 많다. 이곳도 아마 그럴 것이다. 그래서일까? 어쩐지 눈에 익었다. 맑은 하늘, 살짝 불어오는 바람이 들판의 풀을 춤추게 한다. 바람이 볼을 간질이는 것이 느껴진다. 하지만 그리 기분 좋은 바람은 아니다. 눅눅한 습기와 묘한 악취를 품고 있다. 짜증이 치민다. 어쩌면 이 또한 폭력과 살인에 적합한 상태로 몰아가기 위한 연출일지 모른다.

멀찌감치에 나무가 한 그루 서 있다. 나는 천천히 그곳을 향해 걸어간다. 나무에 가까워지자 나무 뒤쪽에서 분명한 인기척이 느껴진다.

아마 폭력의 희생양이 될, 아니 되어야 할 누군가일 것이다. 과연 내가 죽이고 싶은 상대는 누구일까?

그림자, 한 남자가 터벅터벅 걸어 나왔다.

생각보다 작은 체구, 어딘지 앳돼 보이는, 소년에 가까운.

그 녀석이다.

그 녀석을 닮았다.

기억을 완벽하게 복원하지는 못한 듯, 닮긴 했으나 완전히 다른 얼굴이다. 무엇보다 어딘지 속을 후벼 파내는 듯한 그 눈빛이 전혀 느껴지지 않는다. 아니 오히려 서글서글한 눈매가 순박해 보인다.

이 가짜 녀석은 느닷없이 어설프게 주먹을 얼러대며 날 도발해 왔다. 한 대 때려 보란 듯, 죽여 보라는 듯.

"이런 식이군."

연출이 너무 단순하고 조잡해 그나마 있던 살의마저 사라질 판이다. 나도 모르는 사이 내 곁에는 온갖 무기가 걸린 벽장이 나타난다. 10분 뒤 접속이 종료되는 것으로 알고 있는데 생각보다 꽤 길게 느껴졌다. 역시 오버월드에서의 시간은 좀 다른 건가?

가짜 녀석은 계속 내 주변을 맴돌며 무의미한 도발을 하고 있었

다. 나는 작게 한숨을 내쉬었다. 이곳에서도 얻을 만한 건 없었다. 막막했다. 대체 이런 조잡한 재현을 체험한 뒤에 살인을 저지르다니. 아무래도 D의 두뇌, 일신상의 문제일 가능성이 커 보였다.

이때 녀석이 잔뜩 약이 오른 모습으로 성큼성큼 다가왔다. 제한 지점, 3보쯤 앞까지. 그리고 말했다.

"분석관님."

잔뜩 쉰 목소리. 통 몰입이 되지 않는다. 녀석이 말을 이었다.

"분석관님은 스스로를 인간이라고 생각하세요?"

순간 바람에 실려 오는 악취가 강렬하게 코끝을 자극하며 몸에 바짝 열이 오르는 것이 느껴졌다. 분노. 예기치 않은 분노가 나의 육신을, 머리를 가득 채웠다. 이때 시야가 흐릿해지며 나타나는 거무스름한 얼룩.

폭풍처럼 치미는 감정을 억눌러 보려 이를 악문다. 얼룩 너머 흐릿하게 녀석의 모습이 보인다. 귓가에 환청이 들린다. 예의 쉰 목소리.

죽여 버려. 죽여 버려.

주먹이 불끈 쥐어진다. 그리고 다음 순간.

나는 플레이룸에 돌아와 있었다. 더미의 제어가 흐트러진 모양인지 이마가 땀에 흠뻑 젖어 있었다. 대충 이마를 훔치고 기기에서 벗어나는 순간 눈앞에 소년을 닮은 사내가 어른거렸다. 훅 불어오는 바람이 느껴졌다. 도리질을 치고 눈을 몇 번 깜빡거리자 이내 사라져 버렸다. 동시에 굉장한 피로감이 몰려왔다.

곧바로 매니저에게 연락했다.

"전 이만 가 보도록 하겠습니다. 협조 감사합니다. 다시 연락드리죠."

5

한 가지 사실은 분명했다. 리플레이는 언뜻 허술한 듯 보이지만, 아주 치명적인 무언가를 끄집어낼 가능성이 있다. 만약 리플레이가 더 길어졌다면 나는 가짜 소년을 때려죽였을지도 모른다. 물론 오버월드에서 벌어진 일이라 문제 될 것은 없다지만, 과연 그럴까? 그곳에서 느낀 감각, 감정 모든 것이 실재와 완전히 같은데.

그뿐만 아니라 아주 잠깐이지만 오버월드의 잔상이 현실까지 이어졌다. 그 시간이 좀 더 길어졌다면 나도 계속해서 폭력을 행사했을지도. 어쩌면 D도 무언가 그의 치부가 될 만한 것이 건드려졌고, 그것이 그의 두뇌에 혼란을 주는 한편 접속이 끝난 뒤에도 잔상이 남아 현실과 오버월드를 구분하지 못했을지도 모른다.

나는 우선 본부의 형사에게 당신의 복수를 이뤄 드립니다 리플레이 서비스의 잠재적 위험성에 대한 보고서를 발송했다. 그리고 며칠이 더 지난 뒤에야 나는 감호소에 마련된 면회실에서 D를 독대할 수 있었다. D의 표정은 몹시 어두웠고, 골똘히 생각에 잠겨 있는 모습이었다. 우리는 한동안 아무 말 없이 앉아 있었다. 내가 먼저 입을 열었다.

"이런 데서 만나게 될 줄은 몰랐습니다."

D도 기다렸다는 듯 입을 뗐다.

"저도 마찬가지입니다. 그나마 당신이 와 줘서 좀 안심이 되네요."

"그런가요?"

"네."

"특별한 이유라도 있습니까?"

"아니요. 그냥."

의미 없는 대화를 길게 이어 갈 필요는 없다. 나는 곧바로 본론으로 들어갔다.

"대체 무슨 일이 있었던 겁니까?"

"이미 다 알고 계실 텐데요."

"직접 듣고 싶었습니다."

"달라질 건 없어요. 그게 다니까. 원하신다면 설명해 드리죠."

D는 두런두런 이야기를 늘어놓았다. 정말이지 토씨 하나 빼놓지

않고 형사가 이미 들려 준 이야기와 같았다.

“그 당시의 느낌이나 감정 상태에 대해 더 말하고 싶은 것은 없습니까?”

“글쎄요. 그냥 정신이 들어 보니 그렇게 돼 있었습니다.”

“피해자들과는 아무런 관계도 없다는 것도 맞습니까?”

“네. 그날 처음 본 사람들이었어요. 너무나 무책임한 말이지만… 정말, 정말로 미안하게 생각합니다. 그런 일이 일어날 줄은….”

“그럼 살인이 아니라 리플레이에 대해서 얘기해 보죠.”

D의 표정이 살짝 굳어졌다.

“이 사건 이전에 가벼운 폭력 사건이 있었다고 들었는데, 맞죠?”

“네. 제가 맡은 사건입니다. 리플레이와 현실을 혼동했죠.”

“알아보니 그리 심각하지 않은 사건이더군요. 거기다 당시 가해자는 마인드 업로딩 기기가 해제되면서 탐침이 완전히 제거되지 않아 오버월드에서 벗어나지 못한 상태였죠. 당신과는 달랐습니다. 그렇죠?”

D는 잠깐 망설이더니 고개를 끄덕였다.

“리플레이에 등장한 상대는 누구였죠? 폭력행위를 당한 가상의 상대.”

D는 대답하지 않고 가만 생각에 잠긴 듯 보였다. 나는 재차 물었다.

"그것도 기억나지 않는 겁니까?"

"그게, 기억이 어렴풋이 나는데 전혀 모르는 사람이었습니다."

"그래요?"

"네. 한 사람도 아니었고요."

"한 사람이 아니다?"

"네."

"음… 사실 저도 이번에 그 서비스를 이용해 봤습니다."

D가 놀란 듯한 눈으로 나를 보았다.

"두뇌 활동에 충분히 혼란을 줄 수도 있을 것 같더군요. 위험한 구석이 있었습니다. 잘 기억해 보세요. 저는 제가 잘 아는 상대가 등장했습니다."

"누구죠?"

"잘 아실 겁니다. 아서와 프리드리히, 그 소년이죠."

"그렇…군요."

"처음엔 좀 허술하다 싶었는데 나중에는 뭐랄까? 주체가 안 됐습니다. 생각과 몸이 따로 노는 것 같더군요."

D의 솔직한 대답을 끌어내기 위해 나는 내가 경험한 것을 그대로 말했다.

"저의 경우는, 좀… 오류가 있었던 것 같습니다."

"오류?"

"네. 분석관님은 지금 보이는 모습 그대로 오버월드에 접속했겠죠?"

"맞습니다."

"저의 경우는 좀 달랐습니다."

"뭐가 달랐죠?"

D는 잠깐 생각하더니 말했다.

"그곳에서 저는 지금의 제 모습이 아니었습니다."

"그럼?"

"어린아이였습니다."

6

D와의 면담은 그걸로 끝이었다. D는 그 이상은 기억나는 것이 없다고 잡아뗐다. 분명 뭔가 더 있을 것 같았지만, 우선 그쯤 하고 다음을 기약하기로 했다. 나는 본부의 형사에게 연락을 취해 지금까지의 경과를 말해 주고 다른 정보가 있는지 물었다.

"글쎄요. 아직 이렇다 할 만한 것이 없네요. 죄송합니다. 그런데 D가 그렇게 말했다고요? 어린아이?"

"네."

"어린아이이라…."

"짚이는 데라도 있습니까?"

"아뇨. 그런 건 아니지만 어린 시절의 좋지 않은 기억이라도 재생된 건 아닐지…."

"그럴 수도 있을 것 같습니다. 보고서는 보셨습니까?"

"네. 아직은 제재할 법안이 마땅치 않아서 우선 문제가 된 폭력과 살인 서비스만 임시 중단시키기로 했습니다."

"알겠습니다."

지금은 그걸로 충분하다. 나는 형사와 연락을 끊은 후 당신의 복수를 이뤄 드립니다의 매니저에게 다시 연락해 그들이 폭력과 살인에 사용하고 있는 서비스 모듈의 코드를 넘겨 달라고 요청했다.

"네네. 그런데 당장은 못 드리고 시간이 조금 필요합니다."

"만약 코드를 수정하기라도 하면 수사에 도움이 되지 않습니다."

"그런 게 아니라 다른 모듈과 분리해서 정리하는 게 만만찮은 작업이라 오버월드에 연락해서 지원을 받아야 하거든요."

"처음 서비스를 도입할 때도 오버월드 도움을 받은 겁니까?"

"네."

"그럼 오버월드에 직접 연락하면 더 빠르겠군요?"

"저희 쪽 데이터를 갖고 있다면 아마도요."

"그럼 우선 진행해 주시고, 제가 그쪽에도 연락을 취하도록 하죠."

"알겠습니다."

나는 곧바로 오버월드에 연락을 취해 협조 요청을 했으나 시간이 좀 걸릴 수 있다는 답변을 들었다. 보통 이런 일들은 에반이 알아서 처리했는데 혼자서 움직이니 자잘하게 할 일이 많았다. 기다리는 동안 다른 리플레이 업체에도 비슷한 일이 있었는지 알아봤다.

다른 업체들도 아주 가끔 접속에서 깨어날 때 오버월드와 현실을 분간하지 못하는 일이 있다고 했다. 하지만 그것은 아주 일시적인 현상이고 언어적으로 나타나며 대부분 금세 현실을 인지한다고 했다. 즉 오버월드에서 떠들던 말을 이어서 하는 정도라는 것이다. 반면 폭력과 살인 서비스는 비단 D의 경우뿐만 아니라 그가 맡았던 폭력 사건까지 두 번이나 심각한 문제를 발생시켰다. 게다가 나는 실제로 잔상을 보기도 했다. 이것은 분명 그 서비스 자체에 문제가 있다는 방증이었다. 반드시 모듈 코드를 받아서 분석할 필요가 있었다.

7

사흘이 지났지만, 당신의 복수를 이뤄 드립니다와 오버월드 어디에서도 모듈 코드를 보내오지 않았다. 나는 다시 한번 업체의 매니저에게 연락을 취했는데 생각지도 못한 답변을 들었다.

"필요 없다고 하셨잖아요."

"네? 제가요?"

"아뇨. 경찰 본부 쪽에서 연락이 왔는데."

"경찰 본부?"

"네."

매니저의 말에 의하면 본부의 형사가 연락해 내가 요청한 자료가 필요 없게 됐으니 보내지 않아도 된다고 했단다. 아마 오버월드 쪽에도 비슷한 이야길 했을 것 같다. 나는 매니저에게 다시 한번 협조를 구한 뒤 곧바로 형사에게 연락을 취했다. 도통 연결이 되지 않더니만 보안 연락이 들어왔다. 경찰 본부의 수장, 최고위 본부장이 직접 연락을 해 왔다.

"오랜만이군."

"네, 오랜만입니다."

"무미건조한 건 여전하네."

"그런가요? 그나저나 무슨 일로 직접 연락을 주신 거죠?"

"좋지 않은 소식이야. D가 감호소 문을 부수고 경찰 본부를 빠져나갔어."

"네?"

놀라운 말이었다. 살인을 저지른 것도 모자라 도주까지 했다니 D는 정말이지 믿기 어려운 일을 계속해서 벌이고 있었다.

"D의 행방은요?"

"아직 알 수 없어. D가 보통 사람은 아니잖아?"

마음이 급해졌다. D의 두뇌에 정말 심각한 문제가 발생한 것인지도 모른다. 더 큰일을 벌이기 전에 찾아야 한다.

"제가 D의 행방을 찾겠습니다. 사건분석관들은 경찰 본부에서 언제든 위치추적이 가능한 것으로 알고 있습니다. 제게 관련 정보를 전송해 주시면…."

"아니— 아니— 그럴 필요 없어."

"네?"

"사실 내가 연락한 용건은 따로 있어."

"뭐죠?"

"그만 이 사건에서 손을 떼게."

"네? 수사를 중단하라는 말입니까?"

"그래."

D가 살인을 저지른 확실한 원인조차 아직 밝혀지지 않은데다 어디론가 사라지기까지 한 상황에서 사건분석관에게 수사를 중단하라니 이해가 되지 않았다.

"경찰 본부의 공식 입장입니까?"

본부장이 작게 한숨을 쉬더니 말했다.

"알잖아? 이번 사건은 공식 입장 같은 게 있을 수 없다는 거. 비밀리에 수사 중인 거 아닌가?"

"좋습니다. 저는 계속 그 비밀수사를 이어 가겠습니다. 우선 D의 행방을 찾아야죠."

"이봐, 지금까지 뭘 알아내고 해결했나? 이 정도면 자네의 능력은 충분히 증명된 거 같은데?"

"그래서 더 그만둘 수 없다는 겁니다. 자료를 넘기지 말라고 한 것도 본부장님 명령이었군요?"

"그래. 어차피 별 의미 없는 자료니까."

"왜죠?"

"이 사건은 이미 결론이 나왔어. D의 두뇌에 문제가 생겼어. 쉽게 말해 미쳐 버린 거지. 그뿐이야. 사건분석관이 나서야 할 일은 없어."

"오버월드의 폭력과 살인 모듈을 분석하면 더 확실한 원인을 밝힐 수 있을 겁니다."

"아니. 분석은 끝났어. 그전부터 D의 두뇌엔 문제가 있었어."

"도대체 무슨 말입니까?"

"D는 더미 블루를 앓고 있었거든. 계속 숨기고 있었을 뿐이야. 자네도 잘 알겠지만, 더미 블루는 오래 방치할수록 더 심각한 증상이 발현되곤 하지. 그게 문제였던 거야."

나는 순간적으로 할 말을 잃었다. 더미 블루라… 설마, 나와 같은?

"이만 끊지. 이 정도면 됐네. 수고했어."

나는 황급히 말했다.

"D의 행방을 찾겠습니다."

본부장의 말투가 한층 짜증스럽게 바뀌었다.

"아무리 실무에 관한 모든 권한을 가졌다고 해도 직속상관의 지시를 따르지 않는 건 문제가 될 수 있다는 걸 기억하게."

"저는 그냥 제 할 일을 하겠다는 겁니다."

본부장의 한숨이 들려왔다.

"이것 봐, 사건분석관 코드네임 K. 이게 나 혼자만의 결정이라고 생각하나?"

"제가 알 바는 아닙니다."

"이건 내가 아닌 더 윗선, 최고 결정권을 가진 사람들이 논의한 결과야."

"도시 의회 말입니까?"

"아니— 아니야. 됐어. 자네 말대로야. 자네가 알 바 아니지."

본부장이 툭 내뱉더니 말을 이었다.

"마음대로 해. 방해는 하지 말고. 어차피 우리가 먼저 찾을 거라는 건 알잖나?"

맞다. 지금도 실시간으로 D의 위치를 추적하고 있을 것이다.

"네. 저는 제 나름대로 움직이겠습니다."

본부장은 말도 없이 연락을 끊어 버렸다. 아마 이 사건이 마무리되면 뭐가 됐든 문제가 될지도 모르겠다. 더 이상 사건 배정이 되지 않을지도. 하지만 지금 중요한 건 그게 아니다.

D, 도대체 어디서 뭘 하는 겁니까?

8

막막했다. 마음만 조급할 뿐, D가 있는 곳을 알 방도가 없었다. 경찰 본부는 사건분석관 관찰 시스템을 운용하고 있는데 사건분석관의 건강 상태나 위치를 실시간으로 확인할 수 있다. 어쩌면 D는 이미 안드로이드 경관들에게 붙들렸을지도 모른다. 하지만 이대로 포기하기에는 뭔가 마음에 걸렸다. 거기다 D가 더미 블루를 앓고 있었다니, 그를 다시 만나 이야기를 나누고 싶었다.

경찰 본부의 사건분석관 관찰 시스템을 해킹한다면 어떨까? 어처구니가 없다. 내가 이런 생각까지 하다니, 불편하다. 불안해진다. 이건 불법이다. 이미 경찰 본부의 비밀수사 요청은 말소됐다.

나는 개인적인 욕심으로 불법을 떠올렸다. 내게도 문제가 생긴 걸까? 아니, 아니다. 행동에 옮기지는 않았다. 나의 두뇌는 정상이다.

나가자. 밖으로 나가자. 어디든 D가 있을 만한 곳을 찾자. 앉아서 고민해 봐야 답은 나오지 않는다. 움직이자. 밖으로 나서는 순간 생각지도 않은 연락이 왔다.

D였다.

"K."

"D! 지금 어딥니까? 아직 도주 중인 겁니까?"

"K, 나는 날 키워 준 부모님 댁에 와 있어. 다행히 아직 잡히진 않았지."

D는 마치 오랜 친구라도 대하듯 말했다. 정말 두뇌에 문제가 생긴 걸까? 거기다 부모님 댁에 가 있다니 정말 생각지도 못했다. 어딘가 꼭꼭 숨을 거라고 생각했는데 애초에 도주가 목적이 아니었던 걸까?

"아직 늦지 않았습니다. D, 자수하세요."

"그럴 생각이야. K—, 하지만 난 할 일이 있어."

"부모님… 댁에서요?"

"맞아."

"대체 무슨."

"글쎄 모르겠어. 자네라면 어쩔 건데? 그동안 알던 것, 경험한 모든 것이 다 거짓이라면. 사건분석관, 경찰 본부, 이 세계 그리고 내 아버지, 어머니."

이건 분명 정상이 아니다.

"D, 그만하고…."

이때 D가 내 말을 잘랐다.

"아버지, 어머니. 여기 앉아 보세요."

내게 하는 말이 아니었다.

"D!"

D가 속삭이듯 한마디 말을 남기고 연락을 끊었다.

"C-7 구역, 서클의 데이터 센터 옥상."

9

나는 곧바로 D가 말한 장소로 달려갔다. 경찰 본부에서도 그리 멀지 않은 곳이었다. 서클의 데이터 센터는 마인드 업로딩을 이용한 사람들의 의식을 저장하는 초거대 물리 저장장치가 구축돼 있는 곳으로 근방에서 가장 높은 건물이었다. 여타 데이터 보존 시설과 조금 다른 점은 기나긴 첨탑처럼 생긴 이 거대한 건축물에 인간은 단 한 명도 없다는 점이다. 안드로이드와 인공 지능에 의해 완전

자동으로 관리되며 주거, 상업 구역이 뒤섞인 다른 곳과 달리 오직 데이터의 관리 및 저장 용도로만 쓰였다.

그럴 만도 한 것이 이 건물은 아주 작은 실수나 문제도 있어서는 안 되며 전체 시스템이 한순간도 멈춰서는 안 되는 곳이기 때문이다. 촘촘한 안전장치가 설계돼 있긴 하나 만약 멈추기라도 한다면 수천만, 아니 수억의 의식이 한꺼번에 사라질 수도 있다.

나는 사건분석관의 표식을 보여 가며 여럿의 안드로이드와 수많은 보안 장비를 통과해야 했다. 옥상은 딱히 통제되지 않는 개방 공간이었다. 안내를 해 주던 안드로이드가 말하길 옥상에는 중요한 것이 없기 때문이라고. 어쨌거나 D가 말한 장소니 일단 가 보기로 했다.

옥상에는 안드로이드가 말한 대로 듬성듬성 환기구가 설치돼 있을 뿐 아무것도 없었다. 평평한 바닥은 알루미늄이 깔려 있으나 재질이 그리 좋아 보이지는 않았다.

한참을 기다렸지만, 누가 올라올 기미는 보이지 않았다. 속절없이 해가 지고 캄캄한 밤이 찾아왔다. 아무래도 D가 아무 의미 없는 말을 던진 것 같다는 생각이 들 즈음 기척이 느껴졌다.

분명 뭔가가 감지되긴 하지만 이상했다. 기척은 멀리 옥상의 북쪽 끝 가장자리에서 느껴지고 있었다.

나는 기척이 느껴지는 곳으로 가까이 다가가 보았다. 세찬 바람이 훅 불어오더니 옷자락을 흐트러트렸다. 추적추적 빗방울까지 떨어지기 시작했다. 아래를 향해 고갤 수그렸다. 절로 눈이 부릅 떠졌다.

뭔가 있다.

D?

맞다. D였다. 잡을 곳도 없어 보이는 거울처럼 매끈한 빌딩을 잘도 기어오르고 있었다.

나는 몇 걸음 뒤쪽으로 물러섰다. D가 옥상에 올라섰다. 면회실에서처럼 우리는 아무 말 없이 잠시 서로 바라만 보았다. 내리는 비에 조금씩 옷깃이 젖기 시작했다.

내가 먼저 입을 열었다.

"여기서 보자고 한 이유라도 있습니까?"

D가 빙그레 웃었다.

"상징적인 곳이잖아? 인간에게 가장 중요한 것이 보관돼 있지만, 인간이 아닌 것들만의 공간."

말장난할 시간은 없다.

"왜 이렇게 늦었습니까? 어디서 뭘 하다 온 거죠?"

"말했잖아. 부모님 댁에 다녀오는 길이야."

"왜죠?"

"왜라니? 질문이 좀 이상하군."

"갑자기 부모님은 왜 만났습니까?"

"글쎄. 그래야 할 것 같아서."

마지막 인사라도 하고 싶었던 걸까? 어쨌거나 살인에 도주까지 한 이상 D는 이제 범죄자다. 사건분석관의 권한과 자격은 박탈되고 합당한 벌을 받게 될 것이다. 그 벌은 결코 가볍지 않을 터였다.

"작별 인사라도 한 겁니까?"

D가 어딘지 우울한 어조로 대답했다.

"비슷해."

"도대체 왜 이러는 겁니까?"

"모르겠어. 내가 왜 이러는 걸까?"

정말 두뇌에 문제가 생기기라도 한 걸까?

"차근차근 이야길 나눠 보죠. 혹시 어디가 아픈 건 아닙니까?"

"그럴지도 모르지. 하지만 내가 본 건…."

D가 입을 다물었다.

"오버월드에서 본 걸 말하는 겁니까?"

"그래. 그리고 그게 진실이란 것도 확인했지."

"오버월드는 전부 가짜입니다."

"아니, 그렇지 않아. 나도 그렇게 생각했지만 그게 아니었어."

"대체 무슨 말을 하는 겁니까?"

"나와 이 세계에 대한 진실."

답답하다.

"빙빙 돌리지 말고 확실히 말해 보세요."

"나도 그러고 싶지만, 이건 나만 아는 게 좋을 것 같아. K도 나처럼 돼 버리면 안 되잖아?"

"난 절대로 살인 따위는 하지 않습니다."

D가 피식 웃었다.

"손가락만 까딱해도 몇 사람쯤은 쉽게 죽여 버릴 수 있으면서 잘도 그런 말을 하는군."

내용도 내용이거니와 태도와 말투, 내가 알던 D와는 완전히 다른 사람을 앞에 두고 있는 것 같다. 어쩌면 D는 여전히 가상의 세계에서 빠져나오지 못한 건지도. D에게는 정밀검사와 치료가 필요해 보인다.

어느덧 빗줄기가 눈에 띄게 굵어져 대화에 잡음을 만들고 있었다. 일단 조용한 곳으로 장소를 옮기자고 말을 꺼내려는 찰나에 비상연락이 왔다. 수신을 거부할 수 없는 강제 송신.

경찰 본부장이었다. 연결되자마자 대뜸 물어 왔다.

"자네 지금 D와 함께 있나?"

"그렇습니다."

"당장 D를 체포하게!"

"네?"

"못 들었나? 당장 D를 체포하라고!"

본부장의 호통이 이어졌다.

"D가 사람을 또 죽였다! 그것도 제 부모의 머리를 부숴 놨단 말이야! 당장 체포해!"

그대로 연락이 툭 끊겼다. 믿기지 않는다. D가 또 살인을 저질렀다니. 그것도 제 부모를. 마지막 인사를 하러 간 것이 아니었던 건가?

D가 입을 열었다.

"본부장이군. 그 작자도 앞뒤가 다른 인간이지."

"또… 사람을 죽였습니까?"

D의 표정이 굳어졌다.

"부모님을, 당신의 아버지와 어머니를 죽였습니까?"

D는 대답하지 않았다. 가만히 눈을 감고 긴 한숨을 뱉었다. 그러고는 나직이 말했다.

"그래, 그랬지."

"왜! 왜 그랬습니까?"

"말하면 이해해 줄 텐가?"

"이게 이해할 일입니까? 자신의 부모를 죽인 것을!"

"맞아, 네 말이 맞아— K. 아무도 날 이해할 수 없을 거야."

본부장이 옳다. D를 당장 체포해야 한다. 내 생각을 읽기라도 한 듯 D가 불쑥 물어 왔다.

"K, 날 체포하려거든 해. 순순히 응할 테니. 그전에 하나만 묻자."

"뭡니까?"

"이상한 느낌, 도무지 참을 수 없는 불안과 초조, 강박 같은 거 느낀 적 없어?"

선뜻 대답할 수 없었다. 내 표정을 보던 D가 눈을 가늘게 뜨며 다그치듯 물었다.

"그런 적이 있어? 자네도 그게 보였어?"

"무슨 말이죠?"

"그게 보였다면 자네도 나처럼 될지 몰라. 계기가 필요할 뿐이야. 바싹 마른 심지인 거야. 불꽃이 스치기만 해도 터지는 거라고."

"대체 무슨 말을 하는 겁니까?"

"바…로 이거… 말…이야."

갑자기 D는 고통스러운 표정으로 가슴을 부여잡고 숨을 헐떡이기 시작했다. 그러더니 기괴한 동작으로 몸을 뒤틀며 두 손으로 눈을 마구 비벼 댔다.

"D! 이쯤 해 두세요! 당신을 체포하겠습니다. 당장 바닥에 엎드려 손을 뒤로 하세요!"

내 목소리가 전혀 들리지 않는 것 같았다. D의 발작은 점점 더 심해졌다. 계속 눈가를 비비며 절규하더니 넙죽 엎드려 바닥에 머리를 마구 짓찧었다.

“그만! 정신 차려! D!”

나도 모르게 버럭 소리치자 D가 퍼뜩 정신이 난 듯 행동을 멈추었다. 고개를 슬며시 들어 나를 보았다. 이마와 눈 주위가 벌겋게 달아오르고 살갗이 쓸려 있었다. 쏟아지는 비가 D의 얼굴을 흠뻑 적셨다. 벗겨진 눈가에서 샌 더미의 윤활액이 빗물에 섞여 줄줄 흘러내렸다. 유난히 검붉은, 마치 핏물같은.

“너도 봤어? 봤냐고!”

“무슨 말을 하는 거냐고 묻지 않았습니까!”

D는 풀린 눈으로 멍하니 허공을 바라보며 속삭이듯 말했다.

“이 ○○ ○○ 말이야.”

세찬 빗소리에 뒤섞여 잘 들리지 않았다. 얼른 필터를 가동해 빗소리와 음성을 분리하려는 순간 D가 벌떡 일어나 뒤쪽으로 몸을 날렸다.

“안 돼!”

D의 모습이 시야에서 사라졌다. 순식간에 벌어진 일이었다. D는 아래쪽으로 추락했다. 달려가 봤지만 부질없는 일이었다. D는 건물의 곡면에 둔탁한 소릴 내며 몇 번이나 부딪힌 뒤 그대로 바닥으로 떨어졌다. 머리부터 거꾸로. 뒤이어 낮게 울려 퍼지는 끔

찍한 파열음.

소생 불가.

까마득히 멀리, 작은 점처럼 보이지만 충분히 감지할 수 있었다.

D는 완전히 파괴됐다.

10

D의 죽음으로 사건은 종결됐다. 일이 이렇게까지 커지자 더는 숨길 수도 없었다. D는 평범한 사람 둘에 부모까지 살해한 희대의 살인마로 남게 됐다. 원인은 과거의 사건분석관과 같은 것으로 공표됐다. D의 두뇌에 물리적인 손상이 있었고 그로 인한 오작동으로 감정이 폭주했다는 것. 그의 자살은 정신이 돌아온 뒤 자신이 저지른 일을 비관한 것으로 대충 무마되었다.

당신의 복수를 이뤄 드립니다는 이번 사건과의 관련성 및 나의 보고서로 인해 경찰 조사를 받고 아예 사업을 접었다는 소식이 들려왔다. 그게 끝이 아니었다. 마찬가지로 구설에 오른 오버월드가 전면 업데이트를 이유로 서비스를 무기한 중지했다. 즉 자체 가상 세계를 구축하지 못한 모든 리플레이 업체가 문을 닫게 됐다는 말이다.

D가 마지막으로 남긴 말, 빗소리에 섞여 확실치 않았던 그 음성은 한참 뒤에야 추출해 낼 수 있었다. D는 이렇게 말했다.

"이 검은 얼룩 말이야."

대체 무얼까? 이게 무얼 의미하는 걸까? 그걸 알려 줄 D는 이미 완전히 파괴됐고 소멸해 버렸다. 눈앞의 진실이 아득한 빗줄기 너머로 사라져 버린 느낌이다. D는 나와 비슷한 더미 블루를 앓고 있었는지도 모른다. 하지만 D가 말한 얼룩이 내가 보았던 그것인지, 그것이 진짜 D의 이상행동과 관련이 있는 것인지, 그렇다면 더미 블루를 앓는 모든 사람에게 해당하는 것인지, 혹은 D가 앓던 질환은 더미 블루가 아닌 다른 무엇인지, 아무것도 확신할 수 있는 것이 없다.

그보다 당장 눈앞에 닥친 문제가 있었다. 이 사건 이후 언론은 연일 사건분석관의 잠재적 위험성에 대해 대서특필했다. 대중은 분노했다. 사건분석관의 권한과 물리적인 힘이 현재의 범죄율과 치안 상황에 반해 과도하다는 의견이 지배적이었다. 물론 반대 의견도 많았다. 어쨌든 사건분석관의 존재가 연일 도마에 올랐다.

좀처럼 사그라지지 않고 들끓는 여론을 잠재우기 위해 경찰 본부는 중대한 결정을 내리기에 이르렀다. 사건분석관의 필요성과 그 능력에 대한 확고한 평가와 결론이 나올 때까지 수사 활동을 무기한 중단시키기로 했다. 이는 동시에 사건분석관의 부재가 치안에 미치는 영향을 분석하기 위함이기도 했다.

사건분석관들은 수사 일선에서 잠시 물러나게 됐다. 나 또한 하루아침에 실직자가 되었다. 한가한 나날을 보내게 됐지만, D의 일도 그렇거니와 해커 집단 아서와 프리드리히, 소년도 건재한 상황. 나는 늘 불안하고 목에 가시라도 걸린 듯 답답했다. 몇 번인가 심장이 두근거리며 예의 검은 얼룩이 희미하게 나타나기도 했다. 어쩌면 이것이 그 소년이 말했던 사건분석관의 '결함'인지도 모른다.

아니, 이래선 안 된다. 이게 바로 그 소년이 의도하는 바일 것이다. 혼란을 가중시키는 것. 어차피 나는 당장 할 일도 없다. 내 나름의 '진실'을 찾는 노력을 시작할 생각이다. 그런데 그 계획에 문제, 아니 차질이 좀 생겼다.

어느 날 불쑥 주노에게서 연락이 왔다.

"창가 자리 예약되나요?"

여전하다.

"무슨 일이시죠?"

"칫! 잘 지내냐?"

"그럭저럭 지냅니다."

"어디 여행이라도 가는 건 어때? 해변으로."

"됐습니다."

"생각이라도 좀 해 봤다고 해라."

"이 말 하려고 연락하신 겁니까?"

"아— 참, 넌 참 알다가도 모르겠다. 아무튼, 좋은 소식이야."

"뭔데요?"

"테서렉트, 링크 말이야. 2차, 3차, 죽 계획이 잡혔는데 이번에도 내가 실험자로 널 추천했고 다행히 허가가 떨어졌지."

"그래요?"

"그래! 너도 알잖아. 요즘 분위기 별로인 거. 참여 허가를 겨우 받아냈다니까? 본부장한테 뭐 밉보인 거 있어? 아주 기를 쓰고 반대하던데."

알 만하다. D의 사건을 해결하는 과정에서 본부장에게 일종의 항명을 한 셈이니까.

"그래도 링크를 경험한 사건분석관은 너밖에 없잖아. 본부장도 어쩔 수 없지 뭐."

"그렇군요."

"좀 기뻐하는 척이라도 하면 안 되냐?"

"이게 기쁠 일인가요?"

"야, 할 일이 있다는 게 얼마나… 아, 됐다. 아서라."

"어쨌든 절 위해 애써 주셨다니 감사합니다."

"어 그래. 알아주니 고오—맙다."

"지난번처럼 정신과 기억만 이동하는 겁니까?"

"아니. 이번엔 직접 이동하게 될 거야."

흥미롭다.

"직접? 제가 과거로 간다는 겁니까?"

"그래. 시기는 아직 확실하지 않지만, 아마 안내자가 하나 붙을 거야."

"안내자요?"

"그래. 과거인. 시기가 결정되면 안내자도 함께 선정될 거야. 너는 그 시기에 벌어진 가장 큰 사건을 직접 보고 듣는 거야. 먼 과거가 아니라 가까운 과거로 갈 수도 있어. 이를테면…."

"마지막 전쟁이나 대지진이 일어났던 시기?"

"에이— 아마 그건 아닐 거야. 그래도 과학기술이나 인문학이 격변하는 시기로 가게 되겠지."

"그렇군요."

"어때? 재미있겠지?"

나만의 진실을 밝히는 작업은 당장 무엇을 해야 할지 모른다. 하지만 이건 그렇지 않다. 확실히 내가 해야 할 일이 정해져 있다. 어쩌면 과거의 세계, 사건과 사람들 사이에서 뭔가 답을 찾게 될 수도 있다.

나는 최대한 밝은 목소리로 대답했다.

"네. 재미있겠네요."

*

테서렉트를 거쳐 도달할 과거는 다른 우주의 그것이다. 엄밀히 말해 나와 이 세계의 과거는 아니다. 하지만 첫 링크를 통해 확실히 알 수 있었던 건 그들 역시 우리와 크게 다르지 않은 삶을 살아가며 사고하는 인류였다는 것이다. 그렇기에 그들과의 접촉에 의미가 있으며 링크가 가능한 것도 그 유사성 때문은 아닐까?

이번엔 한 걸음 나아가 직접 과거인을 만난다. 대화를 나눈다. 어쩌면 테서렉트 밖 과거의 세계를 볼 수 있을지도 모른다. 전처럼 이야기를 전하고 답을 들을지, 혹은 다른 무언가를 할지 아직 공식적인 임무는 정해지지 않았다. 하지만 나에겐 꼭 묻고 싶은 것이 생겼다.

D와 나 같은 사건분석관, 그리고 안드로이드도 없는 순수한 인간만의 시대를 살아가는, 대재앙이 오기 전 자연의 다른 종과 공존하는 그들은 과연 생명을, 인간을 어떻게 정의 내리고 있을까? 그들은 사건분석관이라는 존재를 어떻게 생각할까?

소년이 던진 물음에 전혀 영향을 받지 않았다면 거짓이다. 그러나 꼭 그 때문만은 아니다. 문득 이런 생각이 들었다. 내가 정신을 잃지 않았다면 녀석의 질문에 쉽게 답할 수 있었을까?

글쎄 잘 모르겠다. 나는 나 자신, 사건분석관이라는 존재를 두고 숙고해 본 일이 없다. 무언가에 쫓기듯 주어진 일에만 매달려 왔을 뿐.

아직 늦지 않았다. 시간은 차고 넘친다. 천천히 착실하게 인간과 세계에 그리고 나 자신에게 다가가 볼 작정이다. 그로써 내 안의 불안과 혼란이 조금은 잦아들지 않을까? 나아가 D가 말했던 진실의 실체가 드러날지도 모른다는 막연한 기대감도 있다. 나쁘지 않다. 왠지 모를 활기가 느껴진다. 나만의 목표 혹은 비밀이라도 생긴 것 같다.

이 여정의 끝이 부디 바람직한 모습이길….

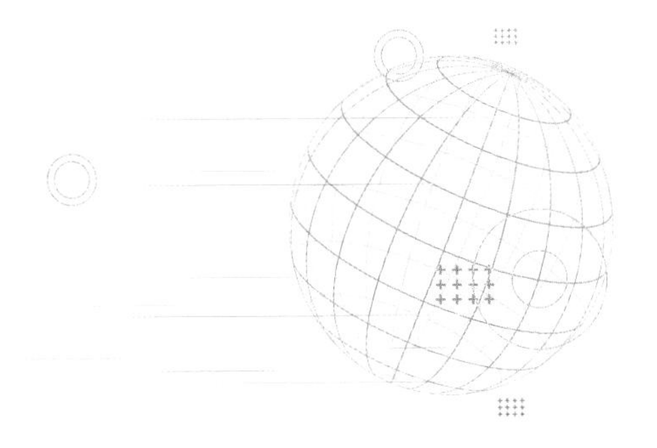

오피셜 패치
(Official Patch)

#안드로이드: 인간의 모습을 한 로봇을 의미하며 인공 신체에 인공 지능(AI)을 탑재한 완전한 인공 생명체이다. 인간과 똑같은 모습을 하고 있으며, 인간이 하는 대부분의 일을 대체할 수 있다. 어원은 그리스어 '인간'을 뜻하는 andros(ανδρος)와 '형상, 모습'을 뜻하는 eidos(εἶδος)의 합성어로 '인간의 형상'을 의미한다.

##현재의 안드로이드: 기술적으로 많은 연구가 필요한 상황이나 인공 지능의 발전과 함께 지속적인 진보가 이뤄지는 중이다.
한국생산기술연구원(韓國生産技術硏究院, Korea Institute of Industrial Technology, 약칭: KITECH, 생기원)에서는 딥러닝을 활용한 인공 지능에 얼굴 자료를 학습시켜 감정을 인식하는 기술이 진행 중이다. 생기원 안드로이드 로봇 '에버(Eve-R)4'에 적용하며 연구를 하고 있다.
미국 기업 테슬라는 2021년 8월 'AI DAY' 행사를 통해 '옵티머스'라는 코드명을 가진 안드로이드를 소개했다. 키 172센티미터, 무게 약 56킬로그램이며 시속 8킬로미터로 달릴 수 있고 최대 20킬로그램을 들어 올릴 수 있다고 한다.

#마인드 업로딩(Mind Uploading, 의식 전이): 기억과 자아를 포함한 인간의 의식을 디지털 기기나 인공 두뇌에 이전할 수 있도록 하는 기술을 의미한다. 이러한 기술을 이용해 의식을 복제하거나 전송할 수 있게 되면 원래의 육체가 사라져도 다른 육체에 의식을 담아 영원히 사는 일이 가능하다.

##현재의 마인드 업로딩: 현재 랜달 코엔(Randal A. Koene)이 진두지휘하고 있는 프로젝트가 실존하고 있다. 카본카피스라는 비영리기구를 운영하며 마인드 업로딩 프로젝트를 진행하고 있다.

#양자(인공) 두뇌: 마인드 업로딩으로 저장한 의식을 내려받는 인공 두뇌다.

##현재의 양자 두뇌: 미국 매사추세츠공과대학교 (MIT, Massachusetts Institute of Technology) 연구진이 개발한 인공 두뇌는 0과 1만 쓰는 기존 트랜지스터 대신 인간 두뇌의 시냅스(신경세포 연결부위)와 비슷하게 동작하는 '메모리 트랜지스터'를 인공 시냅스로 사용해 신경망 컴퓨팅을 실현했다. 수십만 개의 인공 시냅스로 인간의 두뇌에서 이뤄지는 정보 전달을 재현했는데 인간의 두뇌 시냅스 개수(100조 개 이상)보다는 적지만,

사진을 기억해 화소 단위로 정확히 재현하는 능력을 보였다. 단순한 기억의 재현에서 추론이 가능한 인공 두뇌 연구가 진행 중이다.

#더미: 양자 두뇌가 탑재된 인공 육체다. 질병에 걸리거나 썩지 않는 인공의 육체로 영생을 가능하게 한다. 그뿐만 아니라 나노 기술로 만들어진 세포가 자가 치유를 하여 상처를 입어도 금세 복원된다. 마인드 업로딩한 인간뿐만 아니라 안드로이드의 육체도 더미로 이뤄져 있다.

##현재의 더미: 인간 육체의 전부는 아니나 두뇌를 제외한 대부분의 신체 기관을 인공적인 기관으로 대체하는 기술을 연구하고 있다.
현재는 동물의 이종 장기를 이용하는 기술로 동물의 세포와 조직, 체액, 장기를 인간에게 이식하는 것이 가능하다. 가장 주목받는 동물은 미니돼지다. 일반 돼지보다 몸집이 작아 체중이나 장기의 크기, 형태가 유전적으로 다른 동물에 비해 인간과 비슷하다. 다만 이종 간의 면역거부반응이 있어 유전자 편집 기술 등을 이용해 이를 해결하는 연구를 진행 중이다.
줄기세포를 이용해 인공 장기를 만드는 방법도 있다. 줄기세포는 인체의 어느 기관으로든 자랄 수 있다. 줄기세포를 배양해 새로운 장기를 만들어 내는 방식이다.
3D 프린터를 이용하는 방법도 연구 중이다. 환자의 조직에서 유래된 바이오잉크로 장기를 찍어 내면 면역거부반응을 최소화할 수 있다. 현재 완벽한 방식은 존재하지 않으며 실제 장기처럼 기능할 수 있도록 연구가 계속 진행되고 있다.
그 밖에 인간의 두뇌로 기계를 조종하는 연구가 국내외에서 활발하게 진행 중이다. 기계로 대체한 신체 기관을 두뇌와 연결해 제어하는 형태로 기능할 수 있다. 미국의 뉴럴링크는 2025년을 목표로 뇌와 컴퓨터를 연결하는 인터페이스를 개발하고 있다.

#우주 엘리베이터(Space elevator): 궤도 엘리베이터(Orbital elevator)라고도 한다. 화물이나 사람을 운송하기 위해 지표면에서 우주 공간까지 케이블 등으로 연결한 구조물이다. 일단 건설되면 로켓보다 훨씬 저렴한 비용과 에너지 효율을 확보할 수 있다.

##현재의 우주 엘리베이터: 러시아의 물리학자 콘스탄틴 치올콥스키가 1895년에 처음으로 구상하였다. 정지궤도상에 위성을 먼저 쏘아 올리고, 이 위성에서 케이블을 내리는 건설법을 연구하고 있다. 최초의 케이블을 따라 다른 케이블을 하나씩 추가, 반복하다가

안정이 된 후 본격적으로 엘리베이터 장치와 기지 건설 등에 필요한 장비를 투입하는 방식으로, 최근에는 탄소 나노 튜브와 같은 고강도 소재의 개발로 실현 가능성이 커지고 있다.

작가의 말

시작은 과학을 접목한 새로운 방송 프로그램을 기획해 보자는 EBS 이미솔 피디의 제안이 있었다. 그렇게 국내 최초(?)의 SF 토크쇼 〈공상가들〉이 탄생했다. 현재 가장 주목받는 과학기술을 기반으로 미래에 발생할지도 모를 범죄 이야기를 창작하고, 그를 주제로 토론을 벌이는, EBS이기에 가능한, 의미 있는 프로그램이었다.

2021년, 상당히 더운 날들로 기억한다. 합정역과 상수역 사이에 자리한 카페에서 나는 이미솔 피디와 함께 〈공상가들〉의 이야기를 구상했고, 방송용 원고 작업에 들어갔다. 그렇게 세 편의 이야기가 완성됐고, 손발이 잘 맞고 실력이 출중한 제작진들 덕에 방송까지 잘 마무리가 되었다.

그러나 한편 방송만으로 끝을 내기엔 제법 탄탄하게 구축한 세계관과 캐릭터, 미처 담지 못한 설정과 이야기가 못내 아쉬웠던 나는 〈공상가들〉의 간단한 줄거리가 만들어졌을 때부터 소설로의 확장을 주장했다. 그리고 너무나 감사하게도, 그것이 실현되었다.

소설은 방송과 그 뿌리와 곁가지를 공유하지만, 줄기가 다른 오리지널 스토리다. 외적으로는 먼 미래, 범죄를 해결하는 사건분석관의 이야기를 에피소드 형식으로 다룬다. 내적으로는 한 편의 영웅 서사이자 인간을 초월한 존재에 대한 동경이며 그를 통한 인간 탐구를 지향하고 있다.

만년 인기 없는 비주류 신인 장르 소설가인지라 알려지지 않았지만, 혹여 나의 공개된 작품을 모두 접한 독자가 존재한다면 금세 눈치챌 수 있을 것이다. 이 작품 또한 나의 이전 작품들과 별반 다르지 않다는 것을.

좋게 말하면 창작자로서의 개성이자 고집이고 나쁘게 말하자면 더 나아진 것은 없다는 것. 바꿔 말하면 천착하는 분야는 여전히 달라지지 않았다는 것이며 이것은 또한 지금까지의 창작을 통해 충분한 답을 구하지 못했다는 의미이기도 하다. 다시 말해 앞으로도 이와 비슷한 변주가 계속될 것 같다는 얘기다.

그럴 만도 한 것이 지금까지 장편 단권으로 마무리할 생각으로 이야기를 시작한 적은 단 한 번도 없지만, 마무리를 지은 적도 없다. 이유는 다양하다. 첫째는 당연히 책이 팔리지 않아 차기작은 엄두를 내지 못해서이고, 둘째는 다들 그렇듯 삶에 쫓겨서이다. 물론 나 홀로 이야기의 끝을 보고 만족한 적이 있긴 하나 글쎄다. 세상에 나오지 않고 독자가 존재하지 않는 작품은 영원히 미완성이다. 따라서 나는 소설을 쓰기 시작한 이래 단 한 작품도 완성을 보지 못한 셈이다.

이번만큼은 독자 여러분의 관심과 사랑을 받아 작품의 마무리, 일단락을 볼 수 있길 바란다. 가능하면 지금까지 파고든 주제에 대해 어떻게든 뾰족한, 만족스러운 답을 낼 수 있기를 바란다. 나 자신을 포함한 모두에게 더 나은 이야기가 되길 바란다.

기대를 걸고 있다.

방송과 연계한, 전에 없이 독특하고 새로운 방식으로 창작된 작품이며 고맙게도 전보다 더 많은 이들의 도움과 응원이 있었다. 좋은 결과를 기대한다.

앞서 이 작품의 지향점을 구구절절 풀었으나 사실 작가로서 가장 중요하게 생각하는 것은 첫째도, 둘째도, 마지막도 재미다. 그만큼 독자들이 이 작품을 재미있게 즐기길 바란다. 한 장 한 장 페이지가 줄어드는 것이 아쉽길 바란다. 이야기 속에서 쾌감을 느끼길 바란다. 다음 편을 기대하며 책장을 덮길 바란다.

독자 여러분과 도움을 주신 많은 분께 고마운 마음을 담아 '처음 쓰는' 작가의 말을 마친다.

2022년 10월 번잡한 프랜차이즈 카페에서

소현수

〈공상가들〉 제작기

이 소설은 2021년 12월에 첫 방영된 〈공상가들〉이라는 EBS TV 프로그램으로부터 시작되었다.

〈공상가들〉은 이 소설의 주인공인 사건분석관 K가 2094년에 벌어진 범죄 사건들을 현재를 살아가는 뇌과학자와 프로파일러에게 전하며 과학, 기술, 철학에 대해 함께 이야기하는 토크쇼였다. TV 프로그램으로서는 다소 과감한 설정이었다. 사건분석관 K는 미래에서 왔으며, 그와 현재인들이 만나는 공간인 테서렉트는 시공간을 마음껏 누빌 수 있었다. 〈공상가들〉이란 프로그램 자체가 SF였다.

방송가에서는 듣도 보도 못한 설정에 신선하다는 평가와 도대체 뭐가 나올지 모르겠다는 평이 팽팽했다. 미래로 이동하는 테서렉트를 효과적으로 표현하기 위해서 XR(Extended Reality)기법을 활용했으며 미래의 모든 범죄자와 피해자들은 CG로 제작된 버추얼 휴먼으로 등장했다. 모든 요소가 새로운 나머지 참고할 만한 레퍼런스가 전혀 없었기에 무엇보다 출연자를 설득하는 일이 어려웠다.

사건분석관 K역에 하석진 배우님이 확정된 날이 기억에 남는다. 하 배우님이 '피디님의 기획력과 작가님의 상상력, 저의 도전정신으로 한번 만들어 봅시다.'라고 말했는데, 그때 소 작가님과 하이파이브를 했다. '공상'이 현실이 되는 순간이었다.

〈공상가들〉은 2021년 12월에 3부작이 방송되었다. 제작진들로서는 각자의 로망을 실현하는 즐거운 작품이었다. 다행히 반응이 좋아 새로운 시즌이 확정되었고 2022년 11월 10일부터 〈공상가들〉이 8부작으로 방송 예정이다. 〈공상가들〉의 모든 이야기는 새롭게 창작된 오리지널 스토리이다. 이것은 SF 작가이면서 방송 작가인 소현수 작가님이 있었기에 가능한 기획이었다.

〈공상가들〉 제작에서 가장 즐거운 과정을 꼽으라면 소 작가님과 스토리를 구상할 때였다. 그때야말로 진짜 공상가들의 시간이었다. 손발이 잘 맞아 〈공상가들〉 세 편의 스토리 트리트먼트는 거의 두어 시간 만에 나왔다. 그때부터 이 책이 나오는 것을 염두에 두었다. 작가님이 상상한 세계관을 방송으로 다 담아내기에는 부족했기 때문이다. 이 소설은 그 자체로도 재미있고, 방송과 비교하며 보면 더 재미있다.

마지막으로 지금도 '2022 〈공상가들〉'을 밤낮없이 준비 중인 모든 제작진에게 고마움의 말을 전하고 싶다.

이미솔 피디

사건분석관 K 미래범죄 수사일지

1판 1쇄 발행 2022년 11월 15일

기획 이미솔, 글 소현수

펴낸이 김유열
지식콘텐츠센터장 이주희
지식출판부장 박혜숙
지식출판부·기획 장효순, 최재진 | 마케팅 이정호, 최은영 | 제작 윤석원

책임편집 홍명진
디자인 애드벨
일러스트 성 민
인쇄 우진코니티

펴낸곳 한국교육방송공사(EBS)
출판신고 2001년 1월 8일 제2017-000193호
주소 경기도 고양시 일산동구 한류월드로 281
대표전화 1588-1580 홈페이지 www.ebs.co.kr
이메일 ebsbooks@ebs.co.kr

ISBN 978-89-547-7056-9 (43810)